漠星——著
月見斐夜——繪
現在開始是
絕對共感
時間
Now You Can Feel Me

第一章　注定該被消滅的一群

孫家久未有人造訪的私人會館裡，管家難得接到臨時舉辦家族聚會的指令，會館各處隨即掀起一陣忙亂。幾個常駐的服務人員忙著準備食物與茶水，三四台家事機器人更是忙成一團，小心翼翼把所有地方擦得晶亮，連罕有人煙的角落也不放過。

穿著服務生制服的男孩正躲在角落裡煲電話粥，忽然被機器人狠狠撞了下腳，痛得跳起來。

機器人不依不撓，不知道辨識功能出了什麼問題，沒能看出眼前是活人而不是垃圾，不死心地又往認定的髒汙撞去。

「靠！」男孩咒罵，單腳跳著讓出道路。

「鼻——你有沒有在聽我說話？」接收器那頭黏膩的撒嬌音直接在他的腦中響起。多虧了通訊技術的突飛猛進，只要大腦存在意識，人人都可以透過配套的發送器和接收器與外界溝通，連張口都不需要。

男孩連忙哄道：「會館的主人來了，我需要忙一陣子，等等回妳訊息。」

「不能聊天嗎？」女孩頓感失望，又隨即調皮道：「那你開一下權限，讓我用共感看看你在幹麼。」

「別開玩笑啦，開了共感我根本什麼也做不了了。」女孩的撒嬌仍持續著，少年嘆了口氣，「只能一下下喔。」

他將接收器的共享設定調整成五感層級，開啓屬於女孩的權限。

幾秒後，男孩渾身劇烈地抖了一下，哪怕是允許存取，被單方面進入共感仍然是十分不舒服的體驗。他雙眼迷離失焦，片刻後才找回焦距，同時眼神產生了微妙的變化。

女孩眨了眨眼，舉起手，眼前是男友寬大的手掌。男孩應她要求，將手貼在臉頰上蹭了蹭，女孩摸到微微的鬍渣，忍不住笑了出來。

儘管共感科技如此發達，一個獨立人體的意識和五感依舊很難完全與另一人共享。在單邊允許模式下，女孩只是進入類似全息虛擬實境的狀態，可以感受到男孩感受到的一切，無法控制對方的身體。

短短幾秒後，接收器發出銳利的電子音，「警告，已超出建議使用時間——」

女孩忍受不了同時負載兩套感官系統的感覺，意識劇烈波動起來，眼前出現重重殘影。

男孩當機立斷想要切斷共享模式，慌亂間往後退了步，在轉角處撞上一群人。

「小心點。」被圍攏在人群中間的少年輕輕開口。

男孩抬頭，少年嗓音乾淨清脆，十分悅耳，彬彬有禮朝他頷首，又繼續舉步，領著三五個彪形大漢離去。

他愣愣地望向那背影，雖然只有短短幾秒，但孫家少爺雌雄莫辨的清秀臉龐，以及如精緻藝術品般的脆弱氣質，已經印在了他的腦海。

女孩透過男友的眼睛看過去時簡直驚爲天人，意識一渙散，立刻被接收器彈了出去。

玩具似的共感科技設備不會眞正造成傷害，男孩將接收器的共享設定切回通話模式，馬上開始取笑女孩。

走遠的一夥人中，孫淨元身後唯一沒有戴墨鏡的青年回過頭，似笑非笑，「去看看，他身上有共享五感的跡象，保全工作可不能這麼隨便。」

聞言，其中一個保鑣應聲而去。

孫淨元聽見他吩咐，頭也不回地開口：「衛凌靈，你也太小心了。」

「沒辦法，誰叫我的責任就是保護你，小心點總沒錯。」衛凌靈懶洋洋地答道，「你那些做過太多虧心事的兄弟姊妹們就是樹敵太多，又怕被彼此算計，大多數的家族會議才會只敢用投影出席。要不是你帶頭說要親自來，他們面子掛不住，不然今天肯定也見不到本人。」

孫淨元乾淨的臉孔上有淡淡的陰翳一閃而過，「畢竟我是最沒有實權的那一個，他們不至於防我。」

衛凌靈勾唇，「雖然沒有實權，但你是最不可替代的。」

孫淨元沒有順著他的話，只淡淡說道：「衛凌靈，你在外面等就好。」

衛凌靈乾脆俐落停住腳步，和其他保鑣一樣，靠著外牆安分守己地垂下視線。

孫家人大概是壞事做太多，所以疑心病也重，爲了嚴格確認沒有人潛伏竊聽，會議室四周全是透明玻璃牆，藏不住東西，不過其材質隔音和防彈效果非常好。

衛凌靈遠遠看見裡頭已經坐了個人，西裝革履的，襯衣領口還別出心裁扣了鑲鑽的蜜蜂別針，他的眉眼和孫淨元一樣端正清秀。

孫家家主娶了不只一位太太，導致孫家這一代的兒子數量逼近一打，衛凌靈跟了孫淨元三年，連名字都沒記住幾個。而這些異母兄弟的關係並不親近，只有孫家的二少爺孫澈元特別疼愛最小的弟弟——也就是孫淨元。

見孫淨元走進會議室，孫澈元溫和地打招呼：「好久不見了，淨元，一切都還好嗎？」

「很好，謝謝二哥。」孫淨元含笑回道。

很快，其他孫家人紛紛抵達，魚貫走進了透明房間中，孫家家主最後步入主位落坐，示意會議開始。

時間靜靜流淌，所有人各懷鬼胎，而有一個人內心正在掙扎，心跳轟然如擂鼓。

孫家人極少全體親自出席會議，他只有這一次機會了。

冷澀的汗蹭在指縫間，他藏在人群中，不動聲色地煎熬著。

做，還是不做？

在下定決心的那一刻，命運似乎就已經清晰地譜寫在他的眼前，一路演繹到結局。

過了許久，沒有任何來由或預兆，衛凌靈下意識往玻璃會議室看去，孫淨元像是感應到什麼，忽然回頭，遠遠對上了他的視線。

衛凌靈眼睛都來不及眨，下一秒，劇烈的爆炸毫無預警碾碎眼前的富麗堂皇，漫天火光竄出，像一隻鮮豔的毒蟒，一口吞下了少年纖細的身影。

巨大的衝擊波裹著無數玻璃碎片把衛凌靈狠狠拍上牆，他狼狽地吐出一口血，好幾秒後才終於反應過來。伴隨著滿嘴苦腥，他強撐著身體轉頭朝房間內看，眼前只餘下一片火海，奔逃的人影穿梭其中。

衛凌靈吃力地試圖爬起，但下一瞬間，第二波爆炸如驚雷般貫串火場，一塊已辨不出原型的家具碎片重重砸到他的頭部，一時間血花飛濺。

火舌一點一點吞沒生機，一枚帶血的髒汙袖扣隨爆炸遠遠彈落在衛凌靈手邊——那是屬於孫淨元的。

他用盡最後一絲力氣伸手，指尖還來不及碰到那只袖扣，就垂頭昏了過去。

✳

三年後。

「都昏迷三年了吧？那麼劇烈的爆炸，人居然沒死，眞是命大。」

「他們家的二少爺才是眞的命大，當天用投影出席才逃過一劫。除了他們以外，所有孫家人都死了。」

「看樣子是醒不過來了，眞可憐，這樣活著有什麼意思呢。」

「我都快忘了爆炸案的兇手到底是誰？」

「大家都說是孫淨元身邊的保鑣，聽說那人原本是警方派給他的，但出事後一直查不到犯案證據，後來好像只有革職而已，也沒有被捕。」

一道身影和正在討論八卦的護理師們擦身而過，漆黑口罩嚴密遮住面容，看不出身分。他搭電梯到了頂層病房，手放在病房門前的禁制上，，幾秒後門應聲滑開。

皮鞋輕叩地面，人影走進並停在房中唯一一張床前。

陷入深度昏迷的少年臉色平靜，當時那些幾乎致命的燒燙傷在快速進步的醫療科技下看不太出痕跡，只餘下淡淡的疤痕攀附著。因爲健康時就已是這副長年病弱蒼白的模樣，此時少年看上去除了瘦了點之外，居然與三年前沒有太大的差別。

人影站在床前看了很久很久，然後緩緩抬手，悄無聲息拔開了呼吸器。

少年臉上浮出痛苦之色，然而身體沒有掙扎的力氣，只能徒勞地扭曲臉孔。

黑色手套輕柔地按在他眉間，狀似安撫。

「該死的人，就好好去死吧。」溫柔的嗓音徐徐說道。

應該大作的警鈴無聲蟄伏，來者望著儀器的波紋逐漸平緩，最後歸於寂靜的一條直線。他轉身正欲離去，手腕忽然一涼。

他渾身一搐，沿著手腕上慘白的指，緩緩回頭。

應該已經死去的人突然睜開了眼睛，瞳孔鮮紅似血，像某種獵食動物般緊鎖住他，慘澹得不像活人，「為什麼我必須死？」

夢境乍然坍崩。

夜闌盡處，男人在日復一日重複的惡夢中，掙扎著甦醒過來。

衛凌靈遽然坐起，對還在睡眠模式的電子管家低喝：「查詢孫淨元的最新消息！」

鑲在床頭邊的電子管家是一顆可愛的圓球，被猛然喚醒後，沒有一點人類的起床氣，盡忠職守地在數據海裡掃描過一輪，「早安，沒有您不知道的最新消息。」

衛凌靈擰著的眉微微一鬆，這只是惡夢而已，孫淨元一定還活著。如果孫家少爺死去的話，身為可以影響巨大商業利益的相關人士，至少會上一下社會版面。

他起身，電子管家溫順地化成手環扣在腕上，碧綠的電子眼轉了轉，非常人性化地提醒道：「根據台灣普遍大眾的審美觀，我建議您出門前刮刮鬍子。」

衛凌靈到浴室草草洗臉，望向鏡子裡蒼白至極的面容，以及臉周那些仔細看仍能辨認出來的傷痕，安靜地沒有反駁電子管家。但他依然沒有刮鬍子，只是從破舊衣櫃裡翻出皺巴巴的襯衣，努力用手撫得稍微平坦些後穿上身，「記得在外面別說話，裝成普通的電子管家。」

其實並不普通的電子管家愉悅地答應了。

他最後戴上鴨舌帽，把帽沿壓低遮住臉龐，戴上口罩，走出破舊公寓，騎著腳踏車去學校賺點鐘點費。

這是學期第一堂課，台下實體與虛影的學生交錯坐著，一齊望向教室中央巨大的環狀投影螢幕。

衛凌靈架好投影片，黑底投影片上顯示著幾個血紅的字——共感理論與應用課。

教授是一位年約六十歲的女子，清婉的聲音從眾人的接收器裡響起，「歡迎來到這堂課，我是你們的教授林心。在開始之前，我想先帶給大家一點入門概念。看看你周邊的同學，在共感科技如此發達的時代，他們可以用共感的權限和你分享同一具身體的感官，你們可以看到、聽到、感受到一模一樣的東西，即使你們可能身處兩地。這種共感叫做『相對共感』，安全、有趣，每個人都能無負擔地體驗看看。」

衛凌靈出神地望著窗外大片的陽光，即使在室內，他依然沒有拿下遮住眼睛的帽子。

「還有另外一種共感，超越現在科技產品的範疇，更危險、力量更大，只有非常少數的人能夠使用，我們叫它『絕對共感』。」話音一落，她隨意地點了一位同學，「知道這兩者差別在哪裡嗎？」

同學略略猶豫，「我只聽說過絕對共感對大腦很危險，很多人嘗試後都瘋了。」

「你說得沒錯，那你知道爲什麼他們會瘋嗎？」同學遲疑著答不出來，林心好脾氣地一笑，抬手發了個連結到課堂群組，「我特別準備了一個安全版本的體驗，讓大家利用共感親身感覺一下。順便介紹，這位是你們的助教，凌。」

衛凌靈起身和大家打招呼，口罩上方的眼睛形狀很美，優雅卻凌厲。

學生們紛紛點入連結，沒有注意到助教藏在身後的手腕上，隱隱有光芒閃過。幾秒的連接時間過去，他們發現自己多了一副極其靈敏的感官——來自他們的助教。

下一秒，他們跟著助教的感官，墜入一片陌生的深海。

學生們的瞳孔乍然放大，他們不只感受到助教的五感，還被助教帶著入侵了另一人的意識。

如果平常玩鬧的共感體驗是平面的線條，現在他們的感覺就是三維空間。除了助教原有的五感，還有另一個人的感官，以及數十年累積的心思與記憶，同時鋪天蓋地淹過他們。

他們在紛湧的記憶裡，窺見林心的意識與感官。

眾人平常用接收器玩相對共感，只能感受到五感，不能操作對方的身體，也不能感知到對方的思維或記憶，而絕對共感完全是另一個層級的東西。

衛凌靈帶著學生抬起林心的指尖，他們感知著他手臂的動作，同時體驗操作林心指尖的感受。控制身體的神經互相影響，雖然這僅僅是一個簡單的動作，卻讓不少人難耐地皺緊眉。

意識迅速超載，冷汗泉湧，他們在自己的腦袋裡無聲哀號，在密密麻麻的記憶和意識裡沉浮，喪失所有思考能力。

就在所有壓力堆疊到頂，恐慌感開始蔓延時，林心的聲音彷彿在他們的腦中輕輕響起，「凌，該停了。」

沉重的桎梏忽然一輕，學生們喘著氣睜開眼，發現意識安然無恙回到各自的身體裡。

助教將手收回寬大的袖口中，似乎有什麼微光在手腕一閃而過，慢慢黯淡下去。

一個學生看了一眼時間，發現那宛如煉獄的體驗，其實只過了短短五秒，不少人摀著嘴，臉色鐵青地忍住劇烈的作嘔感。

教室裡一片沉靜。

「實體來的學生，下課後來我這邊領鎮靜神經的藥，今天睡前吃一顆。」衛凌靈語調平緩地打破沉默，「線上的學生也請到藥局出示課堂證明領藥，沒吃的話，你們今晚會睡得很不好。」

「這就是絕對共感的力量。你們剛才只是跟著助教的感官，用絕對共感的方式進入我的意識，就已經覺得難以忍受，如果是以你們自己的身體素質進入，大腦神經肯定會受損。」林心仰頭望向所有學生，神情嚴肅，「這是你們學到的第一堂、也是最重要的課。絕對共感是極度危險的力量，我衷心希望上過我的課的學生，永遠不要想嘗試它。」

「這麼危險的東西，是合法的嗎？」

人群裡有學生低聲討論，林心捕捉到這個問句，唇線微微向下，「是違法的。因爲不明的基因突變，大約千分之一的人口擁有這樣的異能，我們叫這些人『共感者』。」

聞言，衛凌靈微微一動。

「因爲任意使用絕對共感是重罪、被禁止的，這群天生就能夠使用絕對共感的人，在我們的社會裡往往被視爲危險的不定時炸彈。除了教學用途，唯一能夠合法使用絕對共感的是『糾察者』，你們可以把他們想像成負責管控共感的警察，平常需要嚴格監測共感的相關使用，特別是掌握共感者的一舉一動。」

剛剛討論的學生們互看一眼，七嘴八舌，「要怎麼管控共感者？這樣的人應該把他們都集中一起，限制他們外出。」

「這樣太沒有人權了吧。」

「對有高度犯罪可能的人談什麼人權啊？到時候出了事，受害者的人權呢？」

林心默默聽他們說完，才慢條斯理繼續說下去，「共感者一般可以像正常人一樣生活，不過需要列管在案、定期接受審查。如果發現共感者有危險行為出現，比如任意入侵別人的身體，糾察者必須馬上出動逮捕，嚴重的情況甚至可以當場擊斃。但是，究竟對共感者的管制應該如何拿捏，至今各界仍在爭論中，沒有定案。」

有些活潑點的學生已經漸漸恢復，其中一位舉起手，好奇道：「請問，為什麼助教有辦法做到絕對共感？」

林心微笑，回頭看一眼神情平靜莫測的衛凌靈，「抱歉，這個問題的答案是助教個人隱私。我唯一能向你們保證的是，助教的能力僅供教學使用。」

待課程結束，學生紛紛離開線上會議室或實體教室，衛凌靈收好東西，也和教授告辭。

「凌靈。」林心溫和地叫住他，「剛剛學生的問題，你覺得如何？」

衛凌靈大半神情藏在口罩後，「我的能力僅供教學沒錯，但妳我都知道，這實際上並不合法。」

「沒錯，我用教授的權限讓你可以留在這邊工作，只是暫時的作法。」林心和藹的目光幾乎讓他無所遁形，「你眞的不考慮回去當糾察者嗎？」

他以沉默回應。

良久，林心嘆了口氣，「凌靈，你是我見過在共感領域最有天賦的學生，不要把自己困在過去的事件裡，那個孫家孩子的意外不是你的錯。」

衛凌靈一言不發，只是輕輕點頭，轉身離開。

他和來時一樣騎腳踏車回家，途中通訊器響了，巷口的雜貨店老闆的聲音傳出，「衛凌靈，來新貨了，要不要幫你留一些？」

衛凌靈簡短道：「不了，最近太窮，買不起。」

「你晚點來也不會比較買得起，再不來，你喜歡看的那些電子小東西就沒囉。」

衛凌靈檢查一遍他放在租屋網上的廣告欄，依舊沒有收到願意來看屋的訊息。他住的這間房子屋齡近百年，實在太過古老破爛，又是個背陰的地，光照不足，即便價格已經壓得很低，還是幾乎沒有人感興趣。

他嘆口氣，車頭一轉，往巷口騎去。

雜貨店老舊不堪，雖然已是這個偏遠社區唯一像樣的店家，然而貨品常常東缺一點西缺一點，要等補貨日才稍微比較齊全。

老闆坐在高腳凳上剔牙，正在對骨董電視裡播報的新聞品頭論足。

「居然都已經三年了，孫淨元眞可憐，年紀輕輕就變成植物人。」見衛凌靈低著頭，老闆又補了句，「你別擔心，我對顧客一視同仁，不管你今天是不是害死孫淨元的人，我都會把東西賣你，頂多不打折。」

電視裡，孫家二少爺，也是目前孫家唯一的掌權者孫澈元正在受訪，清俊的臉上神情凝重，「我一定會找出害死我家人的兇手，也絕對不會放棄等淨元醒來。」

「眞是有情有義。」老闆繼續評價，看到衛凌靈收回視線，注意力放在手上的外接式接收器上，「這是新貨，喜歡就買，算你七折。」

衛凌靈仔細檢視接收器，正規的腦部接收器都需要政府機構認證，並使用醫療方式植入，來往訊息也都會留下可追查的蹤跡，不過這些雜牌的外接式接收器就隨便得多。比如他知道很多學生在考試時會用這東西來作弊，只要有共同的密碼權限，就可以在群組共享答案，用完即丟，查也查不出證據……

突然，衛凌靈的餘光中出現了一名鬼祟的少年，他看上去頂多十七八歲，五官端正，但彎起眼時，狡黠的氣息就會從眼尾浮現而出。

少年有一點眼熟，可是衛凌靈搜索枯腸，很確定自己不認識這個一看就知道不正經的男生。

那人四下張望著，飛快揣了一個接收器，瞄一眼還在看電視的老闆，忽然拔腿就跑。

「喂，站住！」老闆跳起來，「衛凌靈，快幫忙抓住那個小偷！」

衛凌靈原本不想管閒事，奈何老闆還掌握是否打折的權力，正要邁步追出去，沒想到小偷一看大勢不對，馬上換了副臉孔，「哥！救救我！」

老闆大驚，「你有弟弟？」

「我不認識他。」半途突然被認親的衛凌靈連忙搖頭。

這個「弟弟」頓時聲淚俱下，「哥，我知道你很氣我離家出走，但你怎麼可以眞的不認我了？」

這場景太過荒謬，衛凌靈一時之間反應不過來，幸好附近就有警察局，接到老闆報案後很快派來警力。

一看到警察進來，少年淚眼汪汪望著衛凌靈和老闆，語氣很鄭重，「你們眞的要這樣對我嗎？」

老闆哼了聲當作回答。

衛凌靈望著警察走過來上銬，某種說不出的直覺讓他後退了一步，果不其然，少年接下來的動作讓他再度瞠目結舌。

少年被壓在櫃檯桌面上銬，在警察完成動作、放鬆警戒時，衛凌靈看見對方彎起的眼角。

下一秒，他在雙手被縛無法支撐的情況下猛然後仰，直接蹬腳攀上櫃檯，腰部一擰，整個人倒翻過來掙脫身後的警察，順帶一腳踢翻旁邊的另一位警察。

少年扭了扭頭，看他們一眼，順腳又把一個快要爬起來的警察踹回地上。

老闆手中的牙籤無聲落地，而衛凌靈很沒種地倒退第二步。

他相信哪怕眼前的少年矮了他不只一顆頭，這樣身手也足夠把他按在地上揍成豬頭。

「謝了，老闆好人一生平安。」少年用藏在手裡的鐵絲單手解開鐐銬，笑嘻嘻地帶著接收器飛快跑遠了。

衛凌靈目送終於爬起身的警察氣急敗壞追出去，才走到櫃檯結帳。

老闆的視線從新聞聯播收回，忽然定在衛凌靈的雙眸，「衛凌靈，我認識你一年了，我相信你不是兇手。」

衛凌靈垂下眸，淡淡一笑，「謝謝。」

他收好雜物和不知名的雜牌接收器，回到破舊空曠的房子。

好像打從那個惡夢開始這天就諸事不對勁，當晚，他家萬年安靜的門鈴居然響了。

衛凌靈懶得起身，從電子管家的監視器看了一眼，然後差點被自己口水嗆死。

叮叮叮！

按門鈴的人用十分惱人的頻率狂轟濫炸，還按出了一種詭異的節奏感，直到衛凌靈受不了，一把拉開門。

「嗨！」

衛凌靈盯著眼前笑得比陽光還燦爛的少年，一時之間不知道究竟是要先打招呼，還是先報警，「你爲什麼在這裡？」

少年認出他的臉，沒有露出害怕的神色，「我要租房子。」

人雖然為五斗米折腰，還是要有點氣節，衛凌靈保持著最後的尊嚴拒絕道：「我不租房子給小偷。」

「拜託可憐可憐我，我也是真的生活不下去了才偷東西。你不租我，我真的要露宿街頭了。」

衛凌靈掙扎了一會，但想起那一疊水電費帳單，還有乏人問津的招租廣告，只得告訴自己，一切都是基於惻隱之心，「你有多少預算？」

少年面不改色，「我早上偷的接收器賣了三千。」

他沉默三秒，當機立斷想關門，然而少年一腳卡在門縫，毫不費力地擠出笑臉，「大叔，當作日行一善，幫個忙吧！等我安頓下來、找到工作，我一定會還錢！」

「除非你是我兒子，我才可能用這種價格出租房子。」

年輕人十分能屈能伸，「那有什麼問題，爸，現在能讓我進去了嗎？」

一天之內被認成哥又認成爸的衛凌靈想起百年前的電視劇，有一句台詞很適合現在的場景——從未見過如此厚顏無恥之人。

他左思右想，還是敗給了對租金的需求，畢竟三千總比零好，「進來吧。」

少年興高采烈鑽進房門，環視著不算整齊但勉強還算舒適的房間，又轉頭打量起衛凌靈。白天忙著偷東西沒有時間看，現在仔細看上去，眼前鬍子雜亂到蓋住整張臉的大叔，身上只有一件洗到領口都變成荷葉邊的白色背心，底下搭著的四角內褲居然是可以閃瞎人眼的螢光橘。

面對這邋遢到驚世駭俗的樣子，少年還是愉快地吹了聲口哨，「大叔，你的內褲挺有型啊。」

衛凌靈不是一個非常活潑的人，面對愉悅又隨意的少年，他本能地有些拘謹，甚至快要被這股熱情嚇壞了。

少年非常自來熟，像隻興奮的哈士奇一樣，很快就探索了一圈房子。衛凌靈站在原地，看他蹦蹦跳跳跑回來。

「大叔，房子不錯啊，快點簽約吧。」

他現在有點猶豫自己到底是不是做錯決定了。

迎著少年閃閃發亮的眼睛，他終究不忍心中途反悔，只得拿出備好的合約，又要了少年的身分證確定人已經成年。拿到身分證時，他直覺地看向名字，動作一頓。

白承安。

看到這個名字時，某些幽微的記憶忽然從大腦的畸角竄出，衛凌靈深吸一口氣，想起自己何時看過少年了。

怎麼會這麼巧呢？孫家會館裡不到幾秒的擦身而過，那個一臉稚嫩的孩子戴著制服名牌，「白承安」三字很淺淡地在他視線中一晃而過。印象更深的是他身上殘留著陌生的共享意識，還用近乎傾慕的表情望向孫淨亢。

那場無人預期的爆炸之後，他顯然也是少數幸運活下來的人，只是新聞並不會報導這樣的無名小卒。

「怎麼了，身分證有問題嗎？」白承安拿出三千塊拍在桌上。

「……沒有，在這邊簽字吧。」衛凌靈飛快掩飾自己有些異常的神情，將租客契約書推給他。

白承安毫不猶豫接過，低頭簽名，這次換他愣住了，合約上房東事先簽好的名字映入眼中，「你是衛凌靈？」

衛凌靈下意識想閃避他的目光，這個名字曾經是很多人口中的榮耀，但現在它最常象徵的是背叛與罪孽，被說出口時，大多伴隨著憤恨與不齒的情緒。

不過白承安語氣中並沒有評價的意味，「你真的害死了孫家的人？」

「隨便你怎麼想。」衛凌靈聲音很淡，沒有被冒犯的怒意，卻也沒有爲自己辯護的渴望。

白承安簽完名字，把合約推回去，等了一下沒聽到後文，又開啓另個話題，「新聞說你是警方派去的人，你在孫家做什麼啊？」

「時間過太久，我忘了。」衛凌靈收起合約，白承安還想追問，對方已經走進房，在他面前把門關上，「廚房、浴室隨便你用，用完記得清乾淨。」

在廚房裡的白承安打量周遭，從覆上灰塵的桌檯判斷出衛凌靈並沒有經常下廚的習慣。他擅自在冰箱裡翻出寥寥幾種食材，拼拼湊湊煮好一鍋麵，慢條斯理地嘗了嘗味道，滿意地點點頭。

而後，他握起方才用來切蔥的刀子，隨手耍出個刀花，指尖輕滑，鋒利的刃隨即劃出一道豔痕……動作俐落得像是某種不需學習的本能。

白承安望著自己白淨的手指，不知道爲什麼，總覺得看起來有點彆扭，不過他沒多想，逕自敲響衛凌靈的房門，「我用你的食材煮了鍋麵，要不要吃一碗？」

沒有人應聲。

白承安聳聳肩回到位子上，吃完一大碗麵，剛放下筷子時，門鈴又響了。

不像他喪心病狂的轟炸式按法，門鈴那一端響了須臾，就沒有聲音了。他正想過去代爲應門，衛凌靈突然走出，高大的身形配上那有點害怕的表情，莫名好笑。

「不要應門，裝作沒有人在家。」

「大叔，你該不會欠人高利貸，正在被追債吧？」

衛凌靈的表情像是想把他打包直接送給門外的人，猶豫半晌，又覺得這件事情瞞不了即將住在同個屋簷下的新房客，「我以前的職業……得罪過一些人，即使我已經卸任很久了，還是會有尋仇的人。」

白承安笑起來，推開空碗，「沒事的，大叔，無論是什麼樣的人來，我都可以處理。」

即使白天和警方的交手看得出來他身手不錯，但面對未知的危險還可以說出這種話，衛凌靈很是困惑，「別亂來，快回房間吧。」

然而白承安已經起身走到門口，伸了個懶腰，「正好來點飯後運動。」

衛凌靈想阻止他，「等等，你手無寸鐵，拿什麼和他們打？」

白承安靠在門邊，表情有點漫不經心，「大叔，你聽過絕對共感嗎？」

衛凌靈的動作和表情定格一瞬，有些不可置信，「沒有專業訓練和機器輔助的話，絕對共感是非常危險的事情——」

門鎖發出極其難聽的聲音，聽得人牙根都酸了起來，有人正在試著撬開鎖。

電子管家平板的聲音有條不紊，「請小心，對方共有六人，其中兩人攜帶槍械。」

「你有把握可以對付他們嗎？」衛凌靈光速收回堅持，除了人高馬大和那點共感的技能以外，他深知自己絕對不是擅長應付這種場面的人。

白承安豎起一指，示意衛凌靈安靜，然後專注地注視門扉，雙唇緊抿，表情沉靜得不尋常。

在來者破門而入的那一刻，他就地一滾，抓住第一個入侵者褲腿下方露出的腳踝。

衛凌靈屏住氣息，眼睜睜看那彪形大漢在轉瞬間被奪去意識，手中的槍口對準同伴，微妙地下壓避免打中要害，毫不猶豫扣下扳機。

他還記得早上抬起林心指尖的感覺，那是在她毫不反抗的狀態下，讓他像是把五指伸入一團棉絮般複雜的意識網路裡，輕柔地調動著線團，促發身體做出動作。

但一邊操作自己的身體，一邊操作非自願共感的人身體，還是在高度緊繃的戰鬥狀態，難度不亞於危險的特技表演。只要有任一邊失衡，或是意識反噬，輕則昏迷，重則會讓腦部受到無法恢復的傷害。

白承安爲什麼做得到？

第二人倒下，第三人倒下，其餘三人很快反應過來，立刻大吼：「這裡有共感者，不要讓他碰到身體！」

「居然還知道共感會因爲肢體接觸加強。」白承安還有餘力吐舌，「大叔，你到底都惹了些什麼人？」

衛凌靈來不及回答，他掐上另一人的頸，電子管家化身的手環光芒大盛，他藉著機器強悍的侵入力道奪走對方意識。然而他沒有白承安的戰鬥力，只能控制著人原地坐下，形成一個大型路障。

還剩下兩人。

傷者淒厲的哀號與槍聲混雜著，快把衛凌靈的心跳也湮沒了，他咬緊下唇，滾燙的彈殼擦過臉側，換氣速度逐漸加快，甚至有些喘不過氣，「你還能再共感一個人嗎？」

此時，槍聲驀然停了。

一直低著身體、快被槍聲嚇死的衛凌靈終於抬頭，三分鐘還沒有到，白承安已經一口氣掠奪了其餘兩人的意識。衛凌靈看得很清楚，他連那兩人的衣角都沒有碰到。

白承安裝模作樣擦擦額頭上根本不存在的汗，笑出一口白牙，「大叔，這要算進我交給你的房租喔。從現在開始……是我的絕對共感時間。」

他昂然說完，驕傲地像一隻剛打贏架的小狗，幾乎快要把尾巴晃成螺旋槳，再給他一對翅膀都能起飛。

不過衛凌靈語氣仍舊平淡，甚至下意識繃緊了肩膀，「你怎麼知道絕對共感時間？」

「絕對共感時間」這個詞，並不是大眾常用的，這是糾察者之間才知道的術語。意思是在某一段時間內，百分之百地控制另一人的意識與五感，展現絕對共感的壓制力。

「我知道這個詞很值得驚訝嗎？大叔你不也知道？」白承安隨隨便便地回答，竄過去俐落地為傷者簡單止血，還找了根繩子，把六位入侵者的手腳綑綁起來。

「你的絕對共感時間有多長？」衛凌靈冷聲問，沒接話。

打結這種操作末梢肢體的細緻動作，要邊共感控制其他人邊做，難度不亞於蒙眼穿一根針。

衛凌靈目光挑剔地檢視白承安每個動作，不得不承認，對方打結的手勢很俐落。

「沒有眞的測試過，不過至少我現在還完全不覺得累喔。」白承安抬頭一臉陽光燦爛地回話。

「完全不覺得累……」衛凌靈輕聲覆誦。

離他們進門到現在，至少已經過去三分鐘了。

以之前那群學生為標準，完全沒有受訓過的人大概只能承受五秒的絕對共感。而糾察者只在任務中被允許藉由特殊機器「共感核」的力量進行絕對共感，能承受的時間端看每個人的可負荷程度而定。

衛凌靈以前的紀錄就是三分鐘，這已經是糾察者裡面非常優秀的成績了。

但眼前來歷不明、以街頭行竊維生的少年為什麼也有同等，或是更優異的能力，下手還如此果斷狠戾？甚至不需仰賴機械輔助、跨越肢體接觸的限制就能使用共感？

衛凌靈手指微屈，克制不住的陰影一瞬間自瞳底飛竄而過。

白承安再怎麼遲鈍也意識到不對，連忙乖巧地斂起笑意，「爸，沒事的，糟糠之妻不下堂，我不會嫌你比我快太丟臉。」

衛凌靈來不及吐槽這亂七八糟的比喻，淡定地繼續追問：「你怎麼會絕對共感？」

「我也不知道我為什麼會知道。」

他眼神一暗。

「等等！大人冤枉，我認真的！」白承安雙手舉起，無辜眨眼。

「別忘了我幫你的房租打了這麼多折，好好說實話。」

「好好好，我招，我都招！因爲三年前出過意外，我醒來後大半的記憶都空白了，醫生說會慢慢恢復，不過目前爲止我還什麼都想不起來。平常也就用共感的能力偷點小東西維生，不做其他壞事。」白承安一臉眞摯，「反正我再怎樣也不會跟房租過不去，你完全可以信任我，大叔。」

「三年前」這幾個關鍵字鑽進衛靈凌耳中，爆炸的火光似乎又閃現眼前，血氣含在齒間，呼吸卡在喉嚨，彷彿再一次被爆炸煙塵摀住鼻口，難以呼吸。

那場意外後他足足在醫院躺了一個月，出院時人事已全非。不是每個人都如他一樣幸運，在場的孫家人基本上全數罹難，屍體都被燒得面目全非，唯有孫澈元在爆炸當下化作虛影，沒有出席現場的本體安然無恙。

在場唯一活下來的孫家小少爺孫淨元，原本光明燦爛的年少時間戛然而止，直到現在都沒有甦醒的跡象。

另一位爆炸的受害者此刻就在他眼前。屬於少年的氣息乾淨活潑、生氣勃勃，可是卻失去了構成一個人最重要的記憶，白承安甚至可能永遠想不起來生命裡丟失的那一大塊。

「大叔，你還好嗎？」

衛凌靈深深呼吸，冷靜下來熟練地播出報警電話，準備把那六人送走。

來的糾察者和配合的警察神色淡定，顯然已經見怪不怪，還順道嘖嘖稱奇了一下白承安的捆縛技術。

目送糾察者離去後，白承安終於忍不住脫口而出，「你做的到底是什麼高危險職業啊，都退休了還不得安寧？還有，大叔，既然你曾經是警方的人，怎麼現在待在這種地方？退休了嗎？還是被貶職了？」

衛凌靈充耳不聞，「小孩子該睡覺了，不然會長不高。」

「我成年了。」

「你的身高還像孩子。」

打發好白承安，回到房間後，電子管家碧綠的眼鬼靈精怪轉了圈。衛凌靈白天那句「記得在外面別說話，裝成普通的電子管家」的指令已經解除了，它便重新回到其眞實的面貌——一枚強大的「共感核」，也是專屬於糾察者的武器。

回到家務模式的共感核披著電子管家的外皮，聲音一板一眼，「您雖然是借用了我的力量進行共感，但絕對共感還是對您的精神力量消耗極大，建議儘速休息。」

「我沒事。」他連開口都懶，連上共感核強大穩定的網路，在腦海裡直接回答。

共感核忽略主人的逞強，「另外，恕我多嘴，共感者極度危險，就白承安先生的表現，我認爲他完全符合逮捕標準，應儘速通報糾察局。」

衛凌靈給自己倒了杯酒，黯淡的眼眸映著盪漾的琥珀酒液，淡淡唸道：「共感者嗎……」

強大的共感天賦往往來自於基因突變，常被有心人士利用，成爲殺傷力強大的人形武器。

此外，擁有特異共感基因者往往敏感易怒、情緒極不穩定，加上強悍的力量，更是危險，政府因而針對這類人制定了相關的法規……其實他們就是一群潛在的犯罪者。

「我現在已經不是糾察者了，沒有責任管控共感者。」

「那您想直接狙殺他嗎？」

「你一個機器人，能不能別這麼凶殘？還記不記得你們不能傷人的機器人守則啊？」

「我只是遵循您過去數年一貫的行爲模式，雖然自從三年前您醒來後，和以往的性格已經十分不同了。」

「喔，我要戒殺生，幫自己積點陰德。」他信口胡說。

共感核還是有極限，分不清主人的胡言亂語，接不下這句玩笑，只得乖乖閉嘴。

良久，衛凌靈又出聲喚道：「共感核一零七號。」

「是？」

「我……不能利用對方的力量幫自己脫險，卻又轉身出賣他。」他澀聲道：

「我不能……眞的成爲這種利用別人，只爲了讓自己活下去的人。」

共感核沉默幾秒，綠光穩定地閃過電子眼，「共感核是獨一無二、永遠都會跟著自己原始主人的機器人類型，不能二主，也不能重新設定。我的規則裡沒有所謂的人類社會規範，所以我會永遠認定您，執行您的一切命令，不管您在人類眼中是道德卑劣，還是情懷高尙。」

許久，共感核一零七號等不到下一句指令，自動進入休眠狀態，沉靜下來。

衛凌靈雙手交握，望向窗外夜闌深沉，迷失在紛亂思緒中。

第二章　那位傳言裡最強的糾察者

夜深。

衛凌靈睡得不甚安穩，翻來覆去，被惡夢扯入更險峻的深淵；一牆之隔，白承安睡得四仰八叉，嫌熱地踢開被子。

破舊小屋裡一片安寧，而在幾十公里外，車胎摩擦地面的刺耳聲音割破整片環外道路的寂靜。

兩台車一前一後馳過黑夜，後方追逐的警車中，駕駛的青年握住擴音器，聲音很平，「警告一次，再不停車，糾察者將採取具殺傷力的行動。」

車子的回應是加速，飆破了一百五十的速限呼嘯而過，周遭的道路植栽立刻被震出一陣波濤。

「警告，第二次。」青年的語氣更平了。

「沈湘！開慢一點，太危險了！」

「警告駕駛員，警告駕駛員，速限已嚴重超標，請盡速啓動自動駕駛模式！」

連綿不絕的通報聲在耳邊和接收器裡同時響起，被喚作沈湘的男子理都不理地狂催油門，「阿進，閉嘴！」

話音剛落，他瞳孔遽縮，腳猛然從油門移開，改踩下剎車。

「靠！」同車的同僚阿進喊到破音。

車底焦痕一路蔓延，瘋狂拉近和前方驟停車輛的距離，在相隔不到三十公分處狠狠制動。

沈湘和與他同車的倒楣鬼同時被安全帶勒回椅背，肺差點被壓扁。

在阿進的劇烈咳嗽聲中，沈湘抬眼，看見前方橫停的車，而後將駕駛座的車窗搖下。

探出頭的駕駛咧開微笑，唇紅齒白的模樣。那人舉起戴著黑色手套的手，比出手槍姿勢靠近臉龐，吹散根本不存在的煙。

這是赤裸裸的挑釁，他並不怕他們。

沈湘下車，隨手擦掉額角一縷撞傷的血跡，「你侵入了這個人的大腦嗎？」

青年歪著頭，笑得輕佻，「看不到眼睛的話，你們這群廢物根本不知道誰是被侵入者吧？」

沈湘驟然靠近，撐著車窗俯下身，「你錯了。眼神很重要沒錯，然而動作、聲音、說話裡有幾個停頓、不正常的情緒起伏、超出常軌的行爲邏輯，全部都是線索。你就是共感者，但你放過他，好好退出他的大腦不要傷到人，還能減刑幾年。」

青年摘下墨鏡，扔向馬路，「我不。我為什麼要？反正你抓不到我。」

沈湘腕上的一枚袖扣驀然發光，青年舉槍，對準自己的太陽穴。

「你會記得『我』，」青年微笑，「又一個因為你們這些無能的糾察者而死的無辜民眾。」

共感核毫秒間鋪開網路，卻已經太遲了。

「沈湘，別進去！」

阿進的聲音變得很遠很遠，沈湘只感受到青年的身體被槍擊中一瞬，彈片割開神經，旋轉著炸出無數傷口。共感核敏銳的接收器把那種痛苦放大數倍，恐怖的痛楚兜頭罩下。

陌生入侵者的意識在中彈前一刻退出，剩下沈湘和青年微弱的殘餘意識一起感受那具身體的所有痛楚，抽搐著邁向死亡。

共感核當機立斷，切斷聯繫。

沈湘兩眼一翻，和死去的青年一起腳軟倒地，阿進來不及接住他，他便硬生生被墜地的撞擊痛醒，狼狽地趴在地上喘息，半晌才轉頭吐掉一口髒血。

阿進臉色發青，啞聲和指揮官彙報，「嫌疑犯已逃走，被害者死亡，沈湘受傷，無法再執行勤務。」

「我還可以！」沈湘摀著嘴，手指抓在柏油路上，指甲迸裂，「我要親手殺了那個渾蛋！」

阿進神情嚴肅地開始背規定，「糾察者戒律三，不做沒有把握的事情——」

沈湘打斷他，「不要這麼迂腐，如果是我的前搭檔，我們早就衝了。」

阿進開始哭喪著張臉，「你拿我跟衛凌靈比根本不公平，我又不是天才！」

沈湘沒有理他，撐著手臂爬起，「封路，排查周邊車輛，那個共感者一定就在附近。」

他最後看一眼車裡那具曾經面目姣好，如今面目全非的年輕屍身，咬住唇，忍下一聲嘆息。

天亮後，他們還沒有找到兇手，只在現場等到了匆匆趕來的家屬。

年輕人的媽媽歇斯底里，哭號聲釘入沈湘的太陽穴，「你們怎麼沒有救到我兒子！你們當時已經到現場了不是嗎！」

阿進耐心地扶著家屬勸解，然而沈湘極度不耐，一把掰開婦人抓住阿進衣領的手，「糾察者是人，不是神！」

「你們糾察者領這麼多薪水，還沒救到人，要不要臉？我看了監視器，明明當時還有時間，爲什麼不用共感救我兒子？我兒子還這麼年輕啊，你們拿什麼來賠？」

「您冷靜點，犯人入侵大腦後，我們糾察者貿然闖入的話，有可能會對大腦造成二次傷害，一定是到了不得已的狀況才會選擇用共感。」阿進耐心解釋，「但當時犯人突然開槍，造成這樣的結果，我們深感遺憾。」

沈湘望著阿進與家屬周旋的背影，忽然有一瞬恍惚，把記憶裡另一人的身影疊了上去。

「我寧可我的兒子大腦受損，也不能就這麼死了啊！」婦人哭得跪倒在地，漂浮的機器人攝影機爭先恐後排在前面，一時之間拿不準究竟是要捕捉她痛徹心扉的神情，還是轉過去拍臉色鐵青的糾察者和長官們。

「沈湘，你先回總部，局長找你。」副局長不得不出面處理，在通訊頻道裡指示，「這邊給阿進處理。」

阿進也回頭幫腔，一臉眞誠，「你在這裡只會拉更多仇恨值，快回去吧。」

「我要跟你拆夥！」沈湘看著阿進茫然無辜的臉，額角青筋狂跳，氣得轉身就走。

車上隔音十分優良，把那些謾罵和哭聲都遠遠隔開，沈湘的耳邊只剩下副局長微微煩躁的聲音，「你是眞的想跟阿進拆夥嗎？你要我去哪裡幫你找下個搭檔？」

「像他那種膽小的糾察者，誰會想當他搭檔？」

「沈湘，他不是衛凌靈。你總不能要求每個人都跟他一樣強吧？你也體會體會我身爲長官的難處——」

「謝了，我知道他不是衛凌靈。」沈湘打斷他，只回應了自己想答的話。

副局長一時氣悶，只得忿忿地閉上嘴。

車駛到了總部，沈湘自顧自下車，往局長辦公室走去。

他一開門就看見局長正在泡花草茶，對他揚起茶壺，「也來一杯？」

糾察者的最高指揮官是第一代的糾察者成員，他穩居局長之位多年，和從其他官職調來的副局長截然不同，行事更隨興，卻也更服眾。

沈湘難得好聲好氣，「不用了，謝謝。」

「這次的事我都知道了，別板著那個表情，誰沒任務失敗過？」局長啜一口花草茶，笑起來彎彎的雙眼透著淡淡亮光，「這些年，我們試著訓練可以制衡共感者的人，但是遠遠比不上基因變異的速度。共感者越來越多，也越來越凶殘，我們的糾察者人數卻幾乎完全停滯。畢竟，只有非常稀少的人可以長時間忍受和共感核搭配，還有不斷入侵與被入侵意識的負擔。我知道你對阿進不滿，以阿進的實力，若他單獨遇上一位共感者，肯定沒辦法全身而退。」

「所以呢？」

「我們需要人手，新人不行，有經驗的老手也可以。」

沈湘渾身一震，「您是指衛凌靈？」

「怎麼？心疼他必須重新回來過這種高壓生活嗎？」局長還是笑著，眸光卻逐漸犀利，「抱歉，我的責任是重新徵召還可以上戰場的糾察者，不是體貼每個人的心情。我大可以用糾察者的榮耀與責任要求他回來，可是只有你這個前任搭檔出面，才有可能讓衛凌靈心甘情願回歸。」

「您太高看我了。」

局長氣定神閒，「別太妄自菲薄了，他離開時，我看見他的置物櫃除了和局裡的人的大合照，就只有從學校畢業時和你合拍的照片。他無父無母，現在這世界上唯一能說動他的人，只有你。」

傳言總說，置物櫃裡貼的照片其實就是一個人的心，不說一個字就揭露出他重視誰、想念誰，他的底線與軟肋是誰。

沈湘站得直挺挺的，一下一下吃力地呼吸著，覺得肺裡堵了塊大石頭，沉重異常。

在他自己的置物櫃中，也貼著一張照片，他和衛凌靈肩並肩，齊齊對鏡頭笑出一口白牙。拍完那張照片的隔天，衛凌靈就去孫家臥底了。

三年後，衛凌靈差點死於意外，任務失敗後從此引退，他再也沒有見過他……

「對了，」局長忽然一拍大腿，補充道：「差點忘記跟你說，警方告訴我偷襲衛凌靈家的打手說除了衛凌靈，他家有另一個年輕人也會共感。你去找衛凌靈時，記得順便檢查一下那個人是不是共感者，有沒有逮捕的必要。」

沈湘沉默地點點頭，轉身離開。

同一時間，衛凌靈在睡夢裡不自覺地皺著眉，接著被一陣轟隆樂聲吵醒。

他睜著眼睛，跟天花板大眼瞪小眼好幾秒，才終於辨認出那是電玩遊戲的配樂音效，顯然來自房子裡的新房客。

他頭疼地用力閉閉眼，開始後悔貪圖那三千元的房租。門鈴聲偏偏又在此刻大肆響起，他啞聲吩咐慢慢亮起碧綠眼瞳的共感核，「去看看吧。」

共感核連結到電子門，往外窺視，辨認出來者後，愉快地開口：「恭喜，難得不是來找您麻煩的人，是一位您很久沒見的朋友。建議您先起床梳洗，以免這個狀態嚇到故人。」

衛凌靈一聽到「故人」這個詞就頭疼，「拜託屏蔽門鈴，當我不在家。」

「您居然沒有先詢問我到訪者是哪一位，可見您真的還沒有睡醒呢。」共感核一本正經地點評。

「我不想知道。」衛凌靈沒好氣幾秒後，把臉埋進枕頭，悶悶地問：「是誰？」

幸好共感核沒有幸災樂禍的功能，老實地回應：「是您的前搭檔，沈湘先生。」

他馬上抬頭，「前搭檔？你沒看錯吧？」

共感核如果是人的話，此刻一定會感受到被羞辱的情緒，「身為共感核，我辨識人臉錯誤的機率是百萬分之一。」

衛凌靈翻躺成大字形，良久才坐起身，給自己倒一杯水定神，「我不想見到他。」

「您的反應很有趣。」共感核一零七號無聲掃描主人的情緒，愉快地把這次觀察錄入資料庫，「通常人類在看到前男友或前女友時也會有類似的情緒反應，努力裝出不想露出破綻的樣子。」

衛凌靈一口水快要噴出去，正準備把這個汙衊主人的共感核滅口時，門又恰好開了，白承安唯恐天下不亂的臉探進來，「什麼前女友？」

共感核正要開口，衛凌靈已經先下達命令，語氣異常溫柔，「安——靜——」

白承安看一眼被禁言的共感核，面色誠懇，「大叔，你這麼缺朋友到得跟電子管家聊天的程度嗎？如果想找人聊天，可以跟我說喔。」

有口難言的衛凌靈被門鈴吵得頭疼，眉頭下意識皺緊。

見狀，白承安向門口一歪頭，「又是找碴的？還是眞的是前女友？」

他嘆息，「都不是，放心，不是有威脅性的人。」

「看樣子沒我的事，那我先去做早餐囉。大叔，你起得眞晚，我還在想要不要叫你起來。」

他有氣無力往外揮手，「其實你不用做這些。」

然而白承安已經哼著不成調的曲子往廚房去了。

衛凌靈抹著臉，覺得有個太熱情的房客也是個煩惱。

他慢騰騰起床梳洗，不過依舊沒有刮鬍子，東摸西摸拖延到不能再拖延後，才終於應門。

離第一次按鈴已經過了十幾分鐘，來者居然還沒有走，他靠在門邊，銳利的黑眼睛在衛凌靈開門那瞬間，如餓虎般盯上來。

那人一身十分標準的糾察者裝扮，因爲肢體接觸會加強共感者入侵意識的可能，所以糾察者的制服嚴絲合縫，從手套到扣緊的襯衣與外套一應俱全，除了那張俊冷的臉以外幾乎沒有露出一絲肌膚。就像衛凌靈外出時會把共感核僞裝成手環，來者腕上特別精緻的袖扣也是一枚共感核。

「你明明在家，幹麼不應門？」冰塊臉冷冷開口，語氣很差。

面對這種糾結的前任搭檔關係，衛凌靈試探地先打招呼：「好、好久不見？」

沈湘冷笑，「確實很久不見。」

共感核一零七號在主人尷尬的時刻愉悅出聲：「三年零三個月，對人類來說不短了。您好，沈湘先生，很高興再次見到您。」

一般來說糾察者爲了隱蔽身分，很少允許共感核開啓語音功能，但某位半退休人士顯然已經放飛自我，沒有對共感核下類似的指令，導致熱情的共感核三番兩頭自主參與主人的生活。

「你好，一零七號。」沈湘不待邀請，逕自踏入公寓，對老舊的屋況微微擰眉，「你比你的主人熱情。」

衛凌靈杵在門口，看對方自顧自地坐下。

「我是來邀你回來當糾察者的。」沈湘開門見山道。

一片沉寂中，衛凌靈艱難地張口：「我不能回去，外界都以爲我背叛了警方、沒有保護好孫淨元所以被革職，就讓大家繼續以爲吧。」

「上層指示留給你共感核的使用權限，就是最好的默許，默許你可以隨時回來。」沈湘咬緊牙齒，「媒體只知道你是警方派去的人，不知道你的眞實身分是糾察者，更不知道你是糾察者裡最強的天才。沒有人可以趕走你，是你自己選擇離開的。」

衛凌靈避開他視線，「我已經不是糾察者，不再具備審判的資格和能力，不可能再回去了，抱歉。」

「你到底在愧疚什麼？你去孫家只是爲了臥底，找出孫淨元家族利用共感犯罪的證據，孫淨元的生死不在你的職務範圍內。」沈湘壓低聲音到只有衛凌靈耳力可以捕捉的程度，「糾察者都知道這些眞相，即使眞的是你殺了孫家人，也沒有關係。」

房子裡只聽得到來自廚房模糊的歌聲和炒菜聲，衛凌靈那雙藏在凌亂瀏海下的眼眸柔和卻堅定，半晌才開口：「糾察者戒律二，執行任務以最小傷亡爲目標。我沒有成功把孫家繩之以法，反而害死了多數人，這是我最大的罪，哪怕……你們都不覺得那是。」

沈湘傾身，拽住衛凌靈寬鬆的背心領口，「因爲這樣的理由，你就把自己搞成這副鬼樣子？你看看你自己！」

客廳走道的門倏然被打開，白承安剛把頭伸進來，就看到兩個大男人幾乎頭碰頭的這一幕，愣了下，「呃，我只是想說早餐好了……不好意思打擾了，那我先走？」

衛凌靈努力維持著修養，平靜地開口：「走個頭。」

沈湘死死瞪著白承安，語氣不善，「你為什麼在衛凌靈房子裡？」又轉頭質問：「你怎麼可以這樣？對我避不見面，轉頭就跑去跟別人同居？」

「這什麼抓姦的開場白？」白承安舉手做投降狀，「先說，雖然我相信大叔刮了鬍子也是帥哥，但實在不是我的菜。」

這下子兩人異口同聲，「沒人問你！」

「這只是我的房客，我沒有糾察者的薪水，總得想辦法維生吧。」衛凌靈緩聲解釋，又轉頭對白承安說：「謝謝你，這邊沒你的事，你先去吃早餐吧。」

白承安瞪大眼睛，「你不是警方的人嗎？怎麼又變成糾察者了？」

沈湘原本只是看著，剛剛被怒火沖昏頭，差點忘記局長的叮嚀，此刻終於想起，馬上起身大步走過去，一把抓住白承安的肩，俯下身，才剛回溫的雙眼再次冷下來。他戴著手套的另一隻手伸來，強制抬起白承安的下顎，袖扣閃出耀眼光輝，啓動共感核。

衛凌靈愣了下，馬上過來制止，「你幹什麼？」

沈湘沒有理他，逼視的力道彷彿要把白承安剖析入骨，然而半天共感核都沒有監測出異常，白承安的眼神也沒有任何符合共感者入侵別人身體時顯現的特徵。

白承安還來不及反應，，衛凌靈就掰開沈湘的手指，素來溫和的臉上難得泛出一點厲色，「你過分了，沈湘。」

沈湘似乎也有些猶疑，視線緊緊跟隨白承安的每個動作，「上次在你家被逮捕的打手說，你家有除了你以外的人也會共感，就是這個人對吧？如果這個指控屬實，我需要即刻逮捕這個人。」

「他不是共感者，我可以爲他作證，那些打手都是我獨自解決的，他們大概只是不甘心被捕，隨便亂栽贓而已。」衛凌靈淡淡說道，擋在少年身前，「而且，在我和他一起居住的期間，他沒有任何共感者常見的易怒或暴力傾向。」

共感者的犯罪率幾乎是百分之百，即使現在沒有展現該傾向，也不代表未來不會。沈湘的聲音很涼，「你明明知道，衛凌靈。」

白承安望著兩個身量差不多的青年面對面相望，一個制服筆挺，一個隨意到邋遢，但他們的眼神都是屬於糾察者的，銳利且帶著審視。

「即使是共感者，在沒有做出任何危險舉動之前，都是無辜的。」

這是白承安第一次聽到衛凌靈的聲音那麼沉。

幾秒後，打量白承安的視線收回。

「好吧，我信你這一次。」沈湘指尖滑動，把一個連結發到衛凌靈的通訊器裡，「看看吧，我昨晚案子的紀錄，看完你就會明白，爲什麼你必須回來。」

衛凌靈深呼吸，點開連結，這是一段封緘好的記憶，和共感核連結時，可以讓他宛如置身當天的場景裡。

屬於夜晚的涼意襲來，帶他一幀幀看完昨晚公路上的冒險追逐，看到共感者對糾察者的挑釁，還有最後殺死被害人的無情惡意。

這個共感者沒有任何需要殺被害人的理由。絕對共感往往是單方面的意識輾壓，他大可以直接退出那個年輕人的大腦，留下永恆受損的心智，可是他選擇了一個更殘忍的方法。

「絕對共感等於意識上成爲了那個人，而從扣動扳機到完全退出意識之間有時間差，」沈湘的聲音在全息記憶外響起，「也就是說，那個入侵者是活生生感受到殺死自己的感覺。」

衛凌靈猛然抓住自己的手臂，沈湘在最後一刻進入年輕人的意識時，子彈已經打入腦袋，與死亡連結的痛楚清晰分明，一寸寸剮過糾察者比常人敏感的神經。

白承安眼裡只看得到衛凌靈瞪著虛空，接著驟然痙攣起來，嚇得大步向前，「喂，大叔，你沒事吧？」

記憶戛然結束，衛凌靈單膝跪倒在地，眼神慢慢恢復焦距，沒有什麼靈魂地安撫他，「沒什麼，這只是最近流行的那個……沉浸式體驗。」

這也未免太沉浸！白承安在內心吐槽。

沈湘修長的手指撥弄著袖扣，居高臨下看向前搭檔，「共感者人數持續飆升，無論是絕對共感的純熟度還是共感時間長度都在增加，裡面一定有人為的操作痕跡。這是糾察者……或者該說是我們人類前所未有的危機。」

他轉身走向門口，開門，側身站在半明的光線裡，回頭看衛凌靈。

「消滅共感者危害，是我們成為糾察者那天立下的誓言。」他靜靜說：「衛凌靈，你想贖罪的話，更應該跟我回去。」

門被闔上了，不速之客回去後，房子重陷安靜。

「先吃早餐吧。」衛凌靈淡淡開口，想把白承安推回餐廳。

「你幹麼不告訴我你是糾察者？」白承安輕輕揮開他的手，「糾察者不會放過任何共感者，這是五歲小孩都知道的事情。你為什麼不抓我？」

衛凌靈的神情看不出端倪，「在我還沒打算做回糾察者前，這不是我的責任。」

白承安半信半疑，衛凌靈把他推到桌前坐下，一邊分神讚嘆了下白承安的好手藝，一桌的火腿、煎蛋和烤麵包看上去都十分可口。

「你會回去嗎？你們是前同事對吧，怎麼長得差那麼多？」

「沒禮貌，最後一句話是什麼意思？」衛凌靈伸手越過桌子，敲一下他的頭，避重就輕，「小孩子不用管這麼多，你不用上學嗎？」

「我沒升學。」

衛凌靈慢騰騰吞一口煎蛋，聽他口齒不清地說著。

「我不喜歡學校，想找份工作。你呢，打算一直當房東嗎？」

衛凌靈咬著唇，沒說話。

白承安一撩眼皮，「你在猶豫，爲什麼？」

他笑得很淡，「如果是你，想做的事情和該做的事情，該怎麼選？」

「廢話，當然是選想做的事情。」白承安想都不想就回答，「拜託，人生只有一次耶！該做的事情是爲了別人，想做的事情是爲了自己，我當然要做我想要做的。」

他莫名覺得眼前溫和到有些怯懦的房東大叔鬍子底下的嘴唇微微彎起，但那雙藏在亂髮後的眼睛卻又透著悲傷，連帶聲音也是輕緩的，「可以這麼想的你，很幸運。」

衛凌靈放下叉子，留下沒吃完的早餐，轉身進去房間。

他的房間其實沒有一般人對單身漢的刻板印象，很乾淨，不過也很空曠，好像住在裡面的人隨時準備好離開一樣。

一只袖扣被小心放在一個樸素的玻璃盒中，乾燥玫瑰躺在它旁邊，靜靜地襯托它的金屬色澤。那是爆炸之後，彈飛到他眼前的釦子，而它主人的身體還在病房中，似乎永遠不會醒來。

衛凌靈駐足在玻璃盒前，指尖劃過堅硬的壁面，觸感很涼。

兩人認識的時間很短，雖然這段交集的起源來自於一道命令，但他們相處的時候總是很愉快，並不像媒體寫得那樣腥風血雨。

孫淨元性子很靜、很沉默，有什麼想要的也不會主動說，而衛凌靈的性格截然不同，他果斷也肆意得多。雖然孫家氛圍如此高壓，他還是有本事帶孫淨元到處瘋到處野。

原本已經走向死局的命運之輪，可以再一次轉動起來嗎？他還能再試一次嗎？

他垂下眼，注視袖扣良久，終於下定決心。

衛凌靈走到浴室，時隔一年，久違地拆開一支刮鬍刀。

餐廳裡的白承安吃完早餐，正在洗碗盤時聽到身後有開門聲，隨口問：「大叔，剩下的東西還要吃嗎？不吃我就丟掉了。」

沒有聽到回覆，他回頭看，瞬間忘記呼吸。

青年叼著一隻手套，先戴上右手後，才把左手手套從唇邊拿下，「不吃了，謝謝。」

刮盡鬍子的臉完全露出線條俐落的五官，高眺身形挺直後寬闊的肩繃緊襯衣肩線，從平常軟爛居家的形象裡鑿出了不可一世的鋒利模樣，看起來瀟脫又自信。

這一刻，他的形象終於和那位傳言裡最強的糾察者重疊起來。

優美凜冽的眼睛對上白承安，衛凌靈第一次露出沒有被鬍渣遮掩的笑容——簡直判若兩人。

白承安還在驚豔中，下秒衛凌靈的手指卻突然勒上他的頸，毫不留情掐緊。

在他愕然的注視下，衛凌靈傾身，「既然我決定當回糾察者，就不能裝做什麼也不知道地放過你。你，到底是誰？」

和力道一樣強悍的聲音滲著壓迫感，和之前的溫文語調截然不同。

升溫的呼吸中，被掐住的白承安雖然錯愕，基於先前對方的無害形象，仍然沒有掙扎，「大叔，你該不會有人格分裂吧？你不信我的話，剛剛幹麼在沈湘面前袒護我？我就是白承安，其他以前的事我真的想不起來了，不管你再問幾次都一樣。」

白承安抬手想掰開衛凌靈的掌控，然而青年顯然沒有先前看上去那樣文弱，手指如鐵鉗般不爲所動，腕上沉默的手環開始一圈一圈閃爍出銀白光芒，「我如果只是你的房東，主觀上相信你沒有問題；但如果做爲糾察者，我有義務且合理懷疑你是不是盜取了別人的身分。你是我看過最強的共感者，有比糾察者還要長得多的共感時間，如果以從前糾察者的標準……」

此時，手環光芒大盛。

「一零七號，不要傷到他。」衛凌靈在與共感核相連的意識裡下令。不等少年開口辯解，他就就著共感核鋪開的精神網路，俐落地循特定路徑駭入對方的大腦，「我現在唯一不殺你的理由，是我還沒有取回糾察者的殺人豁免權。」

白承安渾身一搐。

「放輕鬆點，抵抗的話，只會讓我更容易傷到你。」衛凌靈聲音冷靜得近乎無情。

被入侵的感覺十分奇異，像是絕對安全的隱私空間被徹底打碎，另一個意識強勢地把被入侵者的神智寸寸碾壓，同時神經也會被逼到極致，四肢百骸都彷彿不再屬於自己。

共感犯罪者入侵他人大腦時往往粗暴直接，被入侵者的大腦幾乎都會受到永久損傷。然而衛凌靈十分謹慎，共感核穩定的力量像貓輕輕踮起腳越過無數障礙，穿梭在白承安深海般的意識裡，小心繞過他本能的抵制。

「神經網路節點裡沒有複數反應的跡象。」共感核平穩的聲音響起。

衛凌靈乘載著白承安的五感，在意識裡越沉越深，「再一次，啓動深層掃描。」

「提醒，深層掃描將大量耗費您的精神與體力，不建議您繼續進行，被反噬的風險太大，尤其是在沒有沈湘先生陪同的狀況下。」

「我不能冒誤判的險，」衛凌靈澀聲答道：「啓動吧。」

共感核安靜卻壓迫感十足的轟鳴盪開，漆黑的意識深海驀然閃出光澤，衛凌靈像被一隻手扯進五彩斑斕的記憶，看著一幀幀潛意識畫面奔飛而過。

白承安是一個平凡的少年，成長在一般的家庭裡，爲了協助家計開始打工，來到孫家宅邸，然後遭逢意料之外的爆炸。剩下的記憶都成了一片嘈雜的雪花點，斑駁在無數的神經訊息碎片裡。

儘管他似乎看盡了少年一生，實際時間只過去五秒，當他回過神，共感核的聲音重複道：「神經網路節點裡沒有複數反應的跡象，判定爲本人。」

白承安體內並沒有其他意識。雖然他是共感者的事實已十分明確，但顯然現在這具身體確實屬於他，並沒有像沈湘遇到的共感者那樣，侵入後把他人身體占爲己有的痕跡。

除了是共感者，而且具備強大的共感能力以外，白承安看上去暫時並沒有犯罪的傾向。

五感迅速過載，難以忍受的頭疼釘進太陽穴，隔著手套的指微微發冷，衛凌靈放開白承安的頸，「撤出。」

共感核退出的那瞬間，兩人都喘了口氣，宛如從令人窒息般的海洋浮出，身體的掌控權再次返回。

白承安沒有如他預想中動怒，反而吹了聲口哨，「哇靠，我還沒試過被這樣入侵，感覺眞特別！大叔，你剛剛做了什麼啊？」

衛凌靈深感自己和年輕人有代溝，沉默地轉身。

白承安不屈不撓，「該看的也都看過了，身爲被看光的一方，我總可以知道你到底在幹麼吧？」

衛凌靈覺得有必要爲自己的清白自證，「不要說這種會讓人誤會的話！」

「大叔放手了，就代表我是無罪的，對吧？對嗎？是不是嘛？」

衛凌靈又想掐他了，那張嘴簡直聒噪到天理難容。頓了頓，他還是耐著性子回答了，「共感者的犯罪率是百分之百，沒有任何例外，只有早晚的問題。就像你無法要求野獸不狩獵，那樣的基因序列注定這類人的本能就是入侵與暴力。糾察者的工作就是找出這些因爲基因突變擁有共感能力的人，加以逮捕或監控。」

「如果是共感者都要被監控，那問題又回到剛剛，大叔爲什麼放過我？」

衛凌靈回頭看他，眼神悠遠，話鋒一轉，說起乍聽完全無關的事情。

「糾察者前幾年開始對共感者進行預防性獵捕，但也有一派糾察者認爲，沒有犯罪前，沒有人該爲他天生是誰而受罰。共感基因本身沒有罪，有罪的是濫用者。」緊接著，他自嘲似地一笑，轉過身，「不過，我從來不是那一派善良的人，我也不是完全放過你，而是要和總部請示下一步動作。」

白承安活力十足的黑眼睛轉了圈，在他背後開口：「糾察者局長曾在新聞裡說，糾察者從不濫殺，你們的存在意義不是殺戮，而是慈悲。」

背過身的高大身影沉默良久，才緩緩出聲，「慈悲在暴力前毫無用處。」

糾察者們的共感核裡都有一塊儲存空間，紀錄著他們出過的每一項任務，也幾乎是人類在共感科技裡的行爲演變縮影。

共享的便利性在短短十年內呈指數型成長，各式各樣的科技與產品爭先恐後問世。糾察者也在這個過程中，見證犯罪者利用絕對共感濫殺無辜、把他人身體當作玩具，最糟的是，許多犯人紛紛謊稱自己是被共感而犯罪，警方無從分辨，對這些人完全束手無策。

在這個科技爆發的時代，糾察者並不是一朝一夕演變成如今的鐵血模樣。最一開始，糾察者被視爲阻撓人類創意發展的惡意政府機關，呼籲廢除的聲浪年年遞增，可是在共享科技瀕臨失控的同時，糾察者又是唯一一道擋在秩序崩毀前的防線。

衛凌靈打了通電話，通話被接通時，他開了擴音，讓白承安可以同步聽到，「局長。」

那端沉默一秒，玩味的笑聲呵呵傳來，「沈湘請動你了？」

「我有事想和局長討論。」他無視那句挖苦，「我想要啓動共感者監護機制。」

「共感者監護機制？」局長覆誦，「因爲失敗率太高，已經很久沒有人使用過那個機制了。你需要賭上糾察者的身分爲共感者背書，負責確認他沒有任何違法行爲，否則你會受連坐處罰。你確定嗎，衛凌靈？把一個最危險的未爆彈每天放在身邊，你必須爲他未來殺死的每一條生命負責。依過往紀錄來看，在最一開始就殺死共感者是最省事的方法。」

衛凌靈呼吸紊亂，心跳不斷加速，方才硬是啓動深層掃描的副作用一湧而上，他小口小口地喘息，試圖緩解胃裡翻湧的作嘔感。

三年前爆炸摧毀一切時，他並沒有意料到還能有孫淨元以外的生還者出現在眼前，他原以爲整個孫家，連同那些公館裡的僕役都盡數罹難了。

人的動搖往往始於一瞬的心軟。

「共感者之於犯罪，只有零與無限，你要爲誰賭這一把嗎？」

白承安澄澈的眼直直望著衛凌靈，裡面狡黠的少年氣蓬勃熾熱。

衛凌靈咬緊牙，斷然道：「我打給您，是爲了申請您的允許，而不是建議。」

通訊器那頭又傳來低低的笑聲。

「很有種，我們的衛凌靈眞的回來了。」局長沉穩的聲線帶著調侃，「因爲你需要隨時管控他，所以就帶著那個共感者來上班吧，不過我要你記住一件事情……」

共感核棲息在衛凌靈腕上，碧綠的光芒斂著無人知道的殺傷力，和他主人內斂鋒利的眼睛相互呼應。

「基因的生理力量終將主導一切，我並非不相信共感者，而是不相信人性。」

語畢，局長喀的一聲，掛斷了通訊。

第三章　最殘酷的慈悲

糾察者辦公室裡向來安靜，此時難得有人在大聲喧嘩，更罕見的是，局長和副局長兩人都親自下來執勤人員的辦公室，迎接舊員和新生力軍的加入。

沈湘板著臉，望著那個他怎麼看都不順眼的小鬼四處亂竄，像隻不聽管教的狗。

局長看他一眼，「衛凌靈終於回來了，你還在不高興什麼？」

「憑什麼那個什麼都不會的小孩可以進來？此外，他果然是個共感者！那天去找衛凌靈時，他還騙我那小子不是！」

副局長也是死氣沉沉，「我也想問，為什麼又要增加我工作的負擔？」

「衛凌靈做他的保證人，啓動共感者監護機制，我不好駁他面子。何況，糾察者太難挑選和培養，所以局裡向來有推薦制，如果白承安最後通過考核，我們可以破例讓他在監視下繼續協助糾察者，也算補一補我們的人力荒。」局長慢悠悠啜一口沁著瑰紅色澤的花茶，「至於你們，有本事也可以推薦人。」

「算了，」沈湘幾乎咬碎白牙，「最重要的是，為什麼衛凌靈都回來了，我的搭檔還是阿進？」

阿進正好在此時走進辦公室，馬上出聲抗議，「我又怎麼了？」

局長和沈湘很有默契地忽視他，「廢話，當然是把你們兩個最強的糾察者拆開，各自帶一個，不然要到什麼時候他們才能獨當一面？」

沈湘沉著臉不說話了，他只想遞出辭呈離開這個該死的團隊。

「最後提醒你一句，」局長放下茶杯，壓低聲音，「那個叫白承安的不簡單，你有空多留點心眼在他身上。」

「不用你說我也知道！」沈湘暴躁地嘖了聲。

阿進倒是熱情洋溢，儘管衛凌靈是他搭檔整天掛念的前任，也並沒有因此產生芥蒂，「衛凌靈，你是我的偶像耶！雖然你應該已經很熟這裡了，如果你希望，我還是可以帶兩位走一下，再熟悉一遍環境。」

沈湘正要說話，衛凌靈先一步打斷，「我太久沒回來，白承安也是新人，麻煩阿進帶我們逛一逛了。」

局長呵呵笑起來，目送阿進開始帶兩人參觀糾察者的辦公室，「學學你搭檔，多熱情啊，糾察者就是要團結。」

沈湘舉步就走，不想多看一眼這和樂融融的場景，副局長哀怨地看一眼局長，跟著沈湘的腳步出去了。

阿進帶著兩人看完辦公區域，又來到糾察者平日訓練的地下室。偌大空間裡各式儀器宛如凶獸般蹲伏著，阿進逐一介紹功能，「這台是訓練精神負荷力的設施，糾察者常常需要同時透過共感控制好幾個人，這台機器可以一次模擬出多人的感官，又不會傷到使用者的大腦。而這台是訓練五感專注度的，裡面有很多有趣的小遊戲可以玩。」

白承安對什麼都興致勃勃，「五感專注度是什麼？」

「打個比方，狙擊手常常需要練習對運動影像的掌控，因為他們唯一的專注點是目標，可是人的視覺天生會跟著動態事物移動，所以要練習即使有東西在動，也只專心在目標上。」阿進停下來，拍拍機台，「對糾察者來說道理一樣，人的感官會本能地不斷注意環境變化，但是糾察者進行絕對共感時，需要和被入侵者搶奪控制身體的權限，同時不能被自己原本身體接收到的五感干擾，這是一種很反本能的事情。」

他們停在最後一台機器前，阿進將模擬器遞給白承安，「看得差不多了，你測一下腦部基礎數據、專注力時間等，讓系統建檔，我們才知道你現在的程度。」

話音剛落，震耳欲聾的鈴聲強勢闖入眾人的聽覺，他們同時回頭。

阿進開朗地拍拍白承安的肩膀，「運氣真好，第一天上任就撞上緊急任務了，我去集合，等等白承安先去領制服。衛凌靈，等他的數據跑完後傳一份給我。」

衛凌靈應聲，站在一旁等白承安時，無意中發現他新拿到的工作證權限頗大，不只可以看見自己過往的基礎數據，還能看見其他糾察者的。

他隨手翻了下，他的數字高居榜首，沈湘緊接其後，阿進的數據排名幾乎墊底。

白承安測完，衛凌靈先把他趕去領制服，自己則留下來等數據運算完畢。警報聲還在響，讓人神經不自覺繃緊，衛凌靈望著螢幕，先是爲白承安漂亮的數字結果感到驚豔。幾秒後，他卻捕捉到一絲微妙的不對勁，來回多看了幾眼，接著皺起眉。

呼吸瞬間凍結，他像是忽然從萬丈高空上的鋼索失足墜下，張大嘴，本能地揪著胸口後退一步，幾乎承受不住情緒波動。那數據像一顆絕情的核彈轟然炸裂，炸得他所有的思緒寸草不生。

怎麼會？白承安他——

好幾分鐘後，他才終於找回失序心跳的節奏，「數據銷毀。」

柔和的電子女聲響起，「一經動作無法回復，請問您確認要——」

「確認銷毀。」他直接打斷。

一行行綠光飛快跑過螢幕，那份屬於白承安的腦部數據就此消失，不留痕跡。

衛凌靈面無表情站在原地，儘管手指已被冷汗濡濕，仍沒有脫下手套，而是十指紛飛迅速僞造一份新紀錄，三分鐘後回到辦公室，傳到阿進手上。

一旁的白承安已經換上制服，原先有些輕佻的氣質沉澱下來，多了三分周正。他隨意轉頭環視周遭，看過來時眉頭蹙起，顯然是被他的表情嚇到了。

「大——」白承安習慣叫房東大叔了，如今脫離了那棟破屋，對著衛凌靈俊麗深邃的五官，這聲大叔突然喊不出口，只得半途改了稱呼，「大哥，你還好嗎？」

衛凌靈看著他，目光古怪，就像透過他看到了另一人。

良久，衛凌靈才抿出一絲勉強的笑，壓低聲音只讓他聽見，「我爲了你賭上仕途，你可得好好表現。」

白承安哈了一聲，「放心，共感對我來說一點難度都沒有。」

「你要克制共感的本能，沒有我的命令，不能再動用你的力量。」衛凌靈遠遠望著沈湘正在集合隊伍，「基因是命運，但我偏不信命，我希望你也是。」

「想不到你也有這麼叛逆的因子。」白承安咧嘴，此時沈湘朝他們走來。「知道了，我會乖乖的。」

「聊夠了吧！紅色警戒等級，不是讓你們玩辦家家酒的！」沈湘厲喝。

聞言，白承安馬上做了個把嘴巴拉上拉鍊的動作。

沈湘陰鬱地打量眼前的小隊，一個什麼都只會喊停的膽小鬼，一個時隔三年才回歸的舊搭檔，還有一個不知道來幹麼的小鬼頭，頭又痛起來，「你們三個跟著我，等等誰不聽我的命令，我就親自把他的大腦做成標本，懂？」

幾人乖巧點頭。

這次任務的指揮官不是沈湘，是一個姓霍的高個子，其眉眼也是冷的。白承安覺得，冰塊臉可能是當一個好糾察者的加分條件，才會一個兩個都是這種模樣。

出發前，指揮官平鋪直敘地迅速概括任務，「剛才接獲民眾舉報，百貨公司美食街裡突然出現惡意攻擊其他客人的團夥，這個團夥是一瞬間成行，彼此在事發前沒有任何聯繫互動，有充分理由懷疑是共感者入侵後造成的狀況。當地警察已趕到並疏散民眾，不過他們無法判斷誰是共感者，也無法拯救被絕對共感入侵的民眾，急需支援。」

沈湘提問：「任務有限制嗎？」

霍指揮官看向他們，「副局長命令，不能死人。」

雙方互看一眼，心照不宣地轉開視線。

參與任務的糾察者組成一個個小分隊，坐車移動前往任務地點的路上，阿進耐心地講解，主要是跟白承安說話，「警戒等級跟紅綠燈一樣，分成紅、黃、綠，紅色最危險，通常不只一個共感者在場。」

「怎麼發現有幾個共感者？」白承安一副好寶寶模樣發問。

「一般民眾很難看得出來，」阿進微微收了笑意，「共感者不攻擊人時，在人群裡和大家沒兩樣，可是一旦他們開始侵占別人大腦，就可能控制人做出一些離奇舉動。比如前陣子有個案子，民眾舉報有一位老人家突然在廣場跳起熱舞，這種事情一看就有鬼，等我們趕去，那個共感者已經逃走，可憐的老人家身體早就不堪負荷，當場就過世了。」

「共感者爲什麼要這麼做？」

阿進轉頭望向窗外快速流逝的風景，「取樂而已。我們曾經解剖過共感者死刑犯的大腦，他們天生自控能力極差，需要大量的刺激才能滿足快感中樞，簡單來說，他們通常是一群愛好刺激且難以融入社會的危險分子。絕對共感對他們來說也是非常危險的事情，但他們樂此不疲，這也是糾察者必須存在的原因。」

衛凌靈沒在聽他們說話，正專心翻看著出發前指揮官傳來的任務情報，眉頭深鎖，「複數以上的共感者，即使是我們也很難對付。白承安，你等下不要顧著玩，要好好聽沈湘的指揮。」

沈湘冷哼一聲，他一邊耳機上懸著指揮官的通訊頻道虛影，只有一邊在聽他們說話，也不妨礙他表達鄙視。

車子很快到了定點把人放下，他們剛從車上下來，馬上體認到糾察者並不是什麼受歡迎的存在。

任務地點在市區人來人往的高級百貨公司，人群已經盡可能疏散，然而還是有不少圍觀民眾等候在門邊。眾人走向大門，路人眼光一路隨行，即使極力壓低耳語，還是被耳力良好的他們捕捉到。

「看看，又要來殺人了……」

「真可怕，打著保護人民的名號，誰知道他們的審查公不公平。」

「說到這個，他們到現在都還不肯公開審查的規則——」

「肯定心裡有鬼！」

「沈湘。」衛凌靈頭也不回彈指拉回隊友注意，笑得漫不經心，「別和他們計較，我們知道自己在做什麼就好。」

方才還忿忿不平、正想與民眾回嘴的沈湘回過頭，火氣很大地瞪一眼前任搭檔，不過最後還是乖乖閉上嘴。

一旁的阿進忍不住嘀咕，「只有衛凌靈說的話才是話，我說的話就當作耳邊風，有夠偏心。」

「你有什麼意見嗎？」

「沒、沒有。」有也不敢再說，阿進忍不住想。

沈湘側耳聽指揮官命令，做了個手勢，「除了白承安，所有人都進通訊頻道。」

衛凌靈皺眉，「為什麼撇除他？萬一臨時有狀況，什麼事情都要口頭轉述給他，團隊的反應速度會下降。」

「他是共感者，只憑你一個人的擔保還不夠讓我信任他，至於反應速度嗎……」沈湘看一眼白承安，冷笑一聲，「他是你帶的人，你既然是傳言裡最強悍的糾察者，顧好一個小孩不會太難吧？」

白承安想起衛凌靈躲在房子裡，被來尋仇的人嚇成那樣，還真的很難與傳言聯想在一起。

原本站在他旁邊的阿進悚然一驚，下意識拉開距離，「你是共感者？」

他一臉無辜，「先說，我從來沒有用這個爲非作歹過。」

阿進卻還是滿臉驚懼，活像怕蟲的人看到一隻會飛的大型蟑螂。

衛凌靈沒有因此動怒，瞳底晃蕩晦澀的神色，不過很快就收斂乾淨，「知道了，你是這次分隊的負責人，我聽你的。」

阿進詫異地瞄他一眼。糾察者壞得聲名遠播，越是佼佼者，代表殺的人越多，都不是什麼善類。退隱後還被同仁一直掛在嘴裡唸叨的衛凌靈也不例外，新聞媒體報導他是害死孫家人時，都繪聲繪影說他面相凶惡、眼神冰冷、冷酷無情、殺人如麻……

衛凌靈的脾氣或許沒有沈湘暴躁，心思卻可能更狠毒，而這樣的人會乖乖聽令，實在超出一夥人的認知。

衛凌靈沒管他們心裡有多少小劇場，逕自進了通訊頻道，霍指揮官平靜地開始分配任務，「沈湘，你們那一小隊負責守住出入口，務必確保沒有人能從這棟大樓逃走。」

阿進吐了口氣，「幸好不是第一線。」

白承安聽完衛凌靈轉述命令，涼涼地提醒：「依我以前做賊的經驗，追逃犯才是最可怕的，因爲那種時候走投無路的人更會賭命。」

眼見阿進臉色又白一階，衛凌靈無奈地看白承安一眼，「夠了。」

指揮官的聲音還在繼續，「第一分隊已抵達美食街區，被害者還在被控制狀態，人數有……十三人。」

儘管他把情緒藏得很好，衛凌靈還是聽得出他最後一句話的尾音有點發顫。以絕對共感的難度，光是控制一個人，短短幾分鐘就幾乎會耗盡力氣，更別說剛剛已經過去多少時間了……

從來沒有一個共感者可以忍受這麼久的絕對共感時間，除非是受到基因改造的人。

衛凌靈當機立斷，轉身往下跑，無視身後沈湘憤怒的吼聲，「衛凌靈，你不是說會聽我的！」

衛凌靈耳邊只剩下風聲，壓根沒聽到沈湘那聲怒吼。如果他的判斷正確，現在在地下的人員面臨著極大風險，那不是區區的隔離制服可以保護得了的。

因爲電梯都已經停止運作，他只得一路奔下長長的手扶梯，直達地下三層，落地時，才意識到白承安也跟上來了。

他低聲道：「你跟來幹麼？回去，沈湘會保護你。」

少年翻了一個大白眼，「你當我是傻子？只要有機會，那個沈湘絕對會把我推出去送死。不是我在說，他眞的不是你的前男友嗎？」

這次換衛凌靈還他一個白眼，不過立刻又正經起來，「這次的共感者狀態很不尋常，你還沒有自己的共感核，萬一情況失控，我叫你跑的話你一定要先走，懂嗎？」

腕上的共感核發出極低沉的嗡鳴，像隻無形的龐然巨獸甦醒過來，光芒照著兩人的眼睛。

衛凌靈直視著白承安，對方卻還能沒心沒肺地笑，「原來那不是大叔的電子管家，而是糾察者的武器啊。」

一零七號禮貌地回應：「很高興能正式與您自我介紹，我——」

衛凌靈猛然轉過頭，不知道是不是因為地下空間，他耳邊的通訊忽然不穩起來，連沈湘憤怒的吼聲都消失殆盡，共感核同時也意識到危險，遽然閉上嘴。

美食街裡空空蕩蕩，環形的店家櫃檯裡空無一人，中央座位區更是杳無人煙。衛凌靈一手按在槍上，心底的焦慮開始不動聲色攀升。

白承安作為尚未通過考核的共感者，不具備拿武器的資格，此刻手無寸鐵，如果真有什麼意外，他沒有把握能護住他。

偌大區域裡只有他們的腳步聲迴盪著，沒有人卻比有人還要可怕。

「等等，你聽。」

白承安忽然開口，衛凌靈腳步頓住，凝神聆聽。

聽清是什麼聲音時，兩個人臉色都不大好看，那絲幽微的聲音細細的、小小的，分明像……

「有人在笑。」衛凌靈低語。

只有共感者與人質的空間裡，為什麼會有笑聲？衛凌靈深吸一口氣把子彈上膛，做了個噤聲的手勢，朝笑聲方向步步邁進。繞過美食區後，另一塊延伸區域是通往廁所和逃生出入口的畸角，笑聲顯然是從廁所方向傳出。

咬牙繞過轉角那一瞬，衛凌靈全身的寒毛都炸了起來——十三個人都在。

不分男女老少，十三個再普通不過的民眾肩併著肩擠在廁所裡，齊齊面朝外站立，姿勢挺拔得不像真人，每個人臉上都是詭異的微笑。在他們腳旁，一個再熟悉不過的人抱頭蹲著，幽幽的笑聲如泣如訴。

「霍指揮官？」白承安不敢靠近，還穿著糾察者制服的男人旁若無人，動作紋絲不動。「喂，指揮官，你還聽得到我們聲音的話，就先告訴我們這裡發生什麼事情了。」

衛凌靈在最初一瞬間的驚嚇後，本能地冷靜下來，視線仔仔細細從十三個人臉上掃過，把每個人的臉部肌肉變化、每個眨眼、每個微笑的弧度深深映入眼裡。他忽然一頓，眼神回到特定幾人臉上來回確認。

「怎麼了？」

「……是看過的面孔。」衛凌靈垂眼，牙咬得很緊，「小心那個小女孩——」

此時，笑聲忽然停了。

白承安踏步上前，及時拉開衛凌靈的同時，共感核一零七號如深海一樣的意識強勢鋪開，在衛凌靈腦內豎起銅牆鐵壁，擋下第一波絕對共感的攻勢。

十三個人裡最不起眼的小女孩動了，笑得露出森森白牙，「不錯，反應滿快。」

霍指揮官緩緩抬頭，保護面罩已經不知所蹤，扭曲的嘴角雖然上揚著，臉上卻是孩童般扭曲絕望的哭泣狀，那笑聲其實是不成調的啜泣。

衛凌靈幾乎是本能地舉槍，手指不受控制地顫抖起來，「妳對他做了什麼？」

他曾經在共感核的紀錄看過這樣的案例。被絕對共感入侵後破壞大腦的人，完全失去身爲人的神智，只剩下最原始的動物本能和混亂的意識，活在極度恐懼中，再也無法恢復原本的樣子。

「我裝作恢復正常，哭著說要牽手，他就信了。」頂多只有十歲左右的小女孩走出僵直站立的人群，回頭欣賞了會她的傑作，「他帶我離開隊伍，優先要把我送出去。走離人群那瞬間，我用微型炸彈毀了他的共感核，沒了機器，你們這些人對我來說簡直是再順手不過的玩具。我控制他回到隊伍裡，猜猜看，有沒有人發現他被我控制了？」

糾察者第一線直面共感者時，爲了安全常常戴上面罩，一旦遮住表情，許多時候沒有防備的糾察者不會觀察到異樣。

「其他隊員呢？」

小女孩瞇著眼笑起來，格外天眞嬌憨，「大哥哥，你已經自顧不暇了，還管其他人啊？」

白承安越過衛凌靈，俐落地擋下第一個衝來的男人拳頭，廁所空間太狹小，他

他用力咬住唇，臉色慘白，聽見糾察者們的腳步聲由遠至進，便在他們進來前放開了手。

阿進的臉色意外地比他更差，他嘴唇顫抖著，「剛剛下來地下三層的隊友已經都殉職了。」

衛凌靈一愣，肩膀慢慢塌下，良久，只能壓住一聲長嘆。

目送殉職的同仁一一被搬離後，他們也跟著離開百貨公司。一到出口卻發現，記者已經等候在外，一看到糾察者出來，迫不及待湧上前想要訪問。

這種時候，只有阿進還能笑笑地和記者們點頭致意，掩護其他疲憊的糾察者們坐上車，匆匆離開現場。

當晚和白承安回到公寓後，衛凌靈一句話也沒說，一回家就把自己關回房間。

屍身像落葉一樣倒伏在地的畫面依然鮮明，回到崗位的第一天，共感者的殘酷再度把他拽回當年那種殫精竭慮的生活裡。沒日沒夜與惡魔交手的過程中，他似乎也漸漸變成冷血麻木的惡魔。

他沒有開燈，垂頭隱在黑暗裡，窗外極其稀微的燈光照不亮房間任何角落……思緒忽然被敲門聲打斷，白承安依然開朗的嗓音傳來，「吃晚餐了。」

「我不餓。」

「我煮太多了，一個人吃不完，浪費食物會遭天譴喔。」

衛凌靈像生鏽的機器人，指令落了好幾拍才傳進腦袋，他艱難地一點點抬起頭，終於長嘆了口氣。

他拿他沒轍，從以前到現在都是。

衛凌靈走出房門，看白承安果然煮了一大桌菜，笑眯眯地朝他揮筷子，「幫你煮晚餐可以再抵掉一點房租吧？」

「你擅自拿我的食材煮飯，我還沒跟你算帳呢。」他低頭安安靜靜吃起來。

白承安觀察著他表情，敲一下桌面，「你很難過嗎？因爲死了很多隊友？」

衛凌靈沒有說話，白承安盯著他，忽然伸手很隨便地揉了他的頭兩下，手勢嫻熟、力道毫不手軟，衛凌靈原本整齊的髮絲被撥得凌亂。

這個動作完全是直覺反應，白承安看不過衛凌靈低落的情緒，想要抹去眼前衛凌靈臉上沉鬱的表情，但他沒想到面前的人反應會這麼大。

衛凌靈僵在原地，筷子從手上滑下滾到桌沿，即將墜落前被白承安一把撈住，而後抓住他的手，將筷子塞回指縫裡。

指尖相觸時，白承安注意到他手上零星細碎的舊傷疤，莫名覺得有些眼熟，「你手上這些傷都是以前當糾察者時弄的嗎？」

衛凌靈這才回神，迅速縮回手撥好頭髮，「你眞的是……」

想了半天都沒有想到合適的罵人詞彙，句子的下半截委屈地卡在喉間，白承安卻還是沒放過他，「大叔的髮質看起來很硬，沒想到摸起來手感挺好的。」

衛凌靈捏著筷子的指尖微微泛白，他曉得白承安什麼都不知道，並非有意做出這個動作，也不會懂這個動作喚起了他多少回憶。所以他只是低著頭，半晌才迸出一句，「別再叫我大叔了，兔崽子。」

白承安衝他一笑，少年唇紅齒白，今天剛入職就目睹震撼的一幕也沒有抹去他身上的生氣勃勃，「那我就直接叫名字了。衛凌靈，你沒有辦法救所有人，但你今天至少救了我一命，不是嗎？」

在他被絕對共感入侵時，衛凌靈冒著被牽連的風險，及時將意識疊加在他身上，挽回了他像先遣小隊一樣殉於共感者手上的命運。

「別只想著不能掌控的事情，人要完全控制機率和失誤太難了，所以我們只能專注在能做的事上面。當時你能做的就是救我，以後，你能做的就是繼續追捕違規的共感者，不要讓類似的事再次發生。好好打起精神啊，之後我還要靠你罩呢，衛凌靈。」

衛凌靈望著他，緊繃的眉間慢慢舒展，輕輕回應：「嗯，我會保住你的。」

白承安大大一笑，低頭繼續吃飯。

衛凌靈看他狼吞虎嚥的爽朗吃相，輕輕垂下眼睫，白承安不會理解這句話眞正的重量，不過沒有關係，他自己知道就好。

夜裡，累了一天的白承安在房裡熟睡，沒有注意到悄悄走近的衛凌靈。他撫上白承安裸露的後頸，輕輕摩娑。

看到後頸出現的痕跡，他沉重地嘆了口氣，在床前站了許久後，無聲離去。

隔天上班時，衛凌靈一如預料被召進辦公室大罵。

「這次死傷於糾察者槍下的有兩位人民，最誇張的是，糾察者竟然開槍殺害年僅十歲的女童。我想請問政府官員，你們直到現在還坐視不管嗎？」

「不僅如此，糾察者濫用公權力封鎖公共場合，打亂人民正常生活，再不嚴加管理，全台灣會變成糾察者的遊樂場，實施恐怖統治。」

「我們要求政府正視人民的聲音——」

副局長抬手關掉電視，「都聽到了？」

如果今天問話的是局長，局長喜怒都是淡淡的，在他書桌前彷彿站成根木樁的下屬不過是犯了個小錯，無傷大雅。但副局長風格就不同了，吼得唾沫紛飛如雨，「民眾怎麼看我們糾察者？你是隊上的老手，不會不知道。我說過這次任務不能死人，你偏偏明知故犯！很行嘛，很會給我們自己人找麻煩嘛！」

衛凌靈垂眸，眼瞳中籠罩著暗影，沒有說話。

「你至少要給我一個合理的解釋，爲什麼殺了他們，尤其是那個小女孩？」

「糾察者戒律一，不可錯放過任何共感者。」衛凌靈抬起頭，燈影晃著，照出他的面不改色，「我當下判斷那兩位共感者具有高度危險，不具備教化可能，而且當時他們正在朝我們展開攻擊，有致命風險，我照著規定決斷，我沒有錯。」

副局長一把按熄了手中的菸，原本就已經繃緊的聲線生生又拔高音調，「現在是有錯沒錯的問題嗎？衛凌靈，我知道你一貫的風格，你只在意自己想要做的事情，其他人的話聽都不聽。可你現在回到隊上，我就是你的長官！民意是唯一的指揮，你現在濫用殺人豁免權，還對小孩子動手，是故意要耗盡林心拚命爲你做的擔保嗎？」

聞言，衛凌靈眉目終於一動。

副局長大概是眞的氣急了才會拿林心，也就是他的太太出來說嘴。

林心教授愛惜衛凌靈的才華，自從衛凌靈畢業進入副局長麾下，夫妻倆就沒少爲他起爭執，但在當事人面前還是會盡量不提到彼此。

「這次只是申誡，再犯一次就是停職，連同你旁邊那個小孩子都會被重罰。」副局長指尖敲著桌沿，沉下聲音，「國家需要的是獵犬，不是會反咬主人一口的狗，你明白嗎？」

「明白。」衛凌靈平靜無波地應聲。

開門走出去時，走廊有人在等他。

「吃到苦頭了？」沈湘的冰塊臉依舊沒有融化的跡象，「爲什麼不聽命令？」

「聽了的話，你或許也不能活著站在這裡和我說話了。」他已經逐漸摸透沈湘的個性，只要順著毛摸，好好說話就沒問題，大概只有阿進天生少根筋，三番兩次招惹對方。

「好不容易回來，如果因爲這樣必須離開，得不償失。」

衛凌靈走到他身前，「我不會後悔。」

沈湘舉步跟上，終於勾起一點冷笑，「我有時候覺得你變了，有時候又覺得，你好像沒變。」

他沒有回頭，也沒有正面回答，「白承安呢？」

正值午休時間，衛凌靈走進休息室時阿進正伸手關掉電視，女名嘴義憤塡膺的聲音頓時中斷，「吃飯時間還是別看這種東西，會害我消化不良。」

然而即使不看，現場也沒幾個人有胃口。

白承安盤腿坐著，使用通訊器迅速瀏覽幾篇網路報導，抬頭看一眼走進來爲自己倒茶的衛凌靈，「是上面的人壓下消息，沒讓媒體知道人是你殺的？」

「如果那些媒體知道的話，聯想到三年前的爆炸案，大概會興奮到失控吧……」阿進嘆息，「這次任務失敗成這個樣子，還折損了那麼多隊員——報告出來了嗎？」

「已經出來了。」沈湘的聲音有點啞，「共犯還有一人，一開始他們三人混在被害人裡面，裝作被控制的樣子。後來其中一個在警方疏散人群時，趁機離開，剩下兩人又共感控制了另一個民眾，補上他的位置。」

照片被同時傳到每個人的通訊器裡，那人戴著鴨舌帽，清秀的臉孔看不出男女，緩緩抬起頭，對攝影鏡頭燦爛一笑，完全沒有躲避之意。

衛凌靈掐緊拳頭，他記得她。

那笑容裡的挑釁讓他想起先前看到沈湘的錄影，裡頭那個對沈湘比出手槍姿勢，且囂張至極的身影。

「從現場監視器來看，那些共感者控制霍指揮官殺了他自己的隊員，把他們的屍體藏在座位區下方。」沈湘咬得牙齒幾乎要出血，「小女孩和男人沒有家屬認屍，照規定申請解剖後，已經確認他們都是共感者，只不過基因序列和過往我們知道的有微妙的不同。」

衛凌靈轉過頭，「怎麼說？」

沈湘冷冷回望，「共感基因這東西一開始出現時，就是種畸變。」

沒有人知道發生的緣由，儘管科技發展已呈指數型成長，人們對於生命最基礎的祕密仍無法全然參透。

基因爲什麼會產生這種非預期的變化？爲什麼意識這麼玄妙的東西可以共享？至今科學家眾說紛紜，還沒有人掌握眞相。

「擁有共感基因的人生來有侵入他人意識的能力，卻也擁有各種缺陷，像是衝動、愛好刺激……甚至在有心人的利用下，會變成殺傷力極強的武器。」沈湘低聲道，「昨天這群人的基因序列被改造過，放大了共感的能力，同時也放大了危險性。那個小女孩就是個例子，智力和自控力是十歲兒童，共感的能力卻和使用共感核的我們不相上下。」

衛凌靈聽懂了，臉色變得深沉，「也就是說，要麼低機率是他們在短時間內自行演化出了一個強大的群體，要麼是有人刻意爲之，非法改造培養出一批實驗品。」

兩人默然相對間都感覺到一點毛骨悚然，只有阿進還在原地大嗑便當，「擔心也沒用，你們兩個還是先趕快來塡飽肚子吧！還有白承安小朋友，你都這麼嬌小了，還不多吃點東西。」

白承安向來嘻嘻哈哈的表情此刻像要把他殺人滅口，「你不是很怕像我這樣的共感者嗎？」

「你小我那麼多歲，況且我再怎樣也不會對小孩子亂動手。」阿進還在嚼著嘴中的食物，好幾秒才察覺氣氛不對，「衛凌靈，我不是說你，你別多想啊。」

衛凌靈一口喝乾杯裡的茶，淡然道：「沒關係。」

「下午還有任務，吃快點，我可不會等你。」沈湘不耐地過來踢了阿進一腳，阿進罵罵咧咧，捧著便當隨沈湘出去了。

休息室裡只剩下兩人很輕的呼吸聲。

衛凌靈吃不下東西，隨口交代一句，「我出去晃晃，你快去吃午餐吧。」

自動門靜靜滑開時，白承安澄澈的聲音在他背後響起，「那時候，你爲什麼能馬上認得小女孩？」

「以前當糾察者時見過。」衛凌靈沒有回頭，隨口回答。

白承安沉默一下，又問：「爲什麼呢？」

「什麼為什麼？」

白承安一語點破，「你當時……沒有必要殺那個小女孩。」

「我對她慈悲，就是對無數我不認識的人殘忍。」衛凌靈答得很流暢，卻又不由自主想起開槍時的手感，拚命壓抑在記憶深處的畫面再度重演，小女孩看著他，黑白分明的眼睛還來不及恐懼，已經被鮮紅沾滿。

他驀然舉步，差點撞上來不及反應的自動門，奔到洗手間，扶著馬桶吐得催心剖肝。

上膛，瞄準，最後扣下扳機，這具身體明明已經做過無數遍同樣的動作，但他就是無法習慣。

他不覺得自己有錯，只是仍無法習慣殺死共感者的感覺。

第四章 不再分出你我的世界

接下來衛凌靈整週都被關在局裡反省思過，他閒著沒事時就會到訓練室，看白承安從頭學習糾察者的一切。

然後，越來越覺得他是個天才。

一個人的專注力和反應力如何，很大程度是天生的，除非後天刻意練習，否則變動的幅度不會太大。

白承安像是天生吃這行飯。他第一次摸到共感核就幾乎無師自通，承受得了共感核壓迫感十足的機械力量，也可以在訓練機器模擬的眾多重疊感官裡，如同老練的操偶師，準確地操作被共感的對象的動作。

他的天賦異稟搞得阿進危機感十足，「你別再練習了，再這樣下去都快要比我強了。」

沈湘則是每次看到白承安的練習數據，就會臭著張臉去自主加強訓練。

一零七號跟著主人旁觀，森綠的電子眼閃閃發亮，錄入一段段數據，「和您一樣，他的潛力百裡挑一，恭喜您找到了寶藏。」

衛凌靈看著白承安，心底的感覺也有些微妙，適應良好自然是好事，可是適應太良好，也讓他不由得擔心起來。一個太強大的共感者，失控的風險也隨之提高。

白承安不明白他的糾結，很快就得意忘形跑來找他挑釁，眼底有一種渾然天成的野性，「來比比看？」

衛凌靈沉默了下，有種工作之餘還得育兒的錯覺，「比什麼？」

白承安帶他到一台大型機台邊，衛凌靈掃一眼，那是訓練絕對共感專注度的機器。

這時代的全息體驗已經修正數年前虛擬實境容易頭暈的毛病，直接刺激大腦電流產生感覺，如果當事人不知情，甚至會以爲那就是眞實世界。

這台訓練儀器就是利用全息功能，讓學員在相對安全的狀態下體驗爭奪意識控制權的感覺，通常需要兩人一組練習。

衛凌靈拍了下機台，揚起單側的唇，「我贏你的話，這個月房租雙倍？」

「我輸的話就先欠著。」白承安得寸進尺，毫不害臊，「我贏你的話，這個月房租全免！」

衛凌靈一直微微綳著的眉眼放鬆了些許，「誰給你的自信？」

白承安仰起下巴，「阿進說的，他說我天生就屬於這裡。」

「阿進的話你都要打八折聽才對。」衛凌靈失笑，手指都已經摸到儀器的眼罩，卻像是想到什麼，倏然停了下來，回頭看他。

白承安正在對他揚起嘴角，眼神閃閃發亮，衛凌靈看了他好一會，忽然微笑，仗著身高優勢輕輕揉了他的頭頂，「那還是不比了，第一個月的房租已經被你用共感時間抵掉，我虧大了。」

「喂，怎麼說話不算話？」

然而衛凌靈已經轉過身，一邊走一邊掩住一個呵欠，「今天是禮拜五，我要先下班了，拜拜。」

「等我，一起走！」白承安很快跟上。

踏出大樓的兩人和一群高中女生擦身而過，女孩們駐足在路邊，高樓外牆的巨型動態廣告正重播著一場產品發布會。

孫澈元漂亮的臉孔出現在大螢幕上，俯瞰著匆匆而過的路人，笑容矜持，「我們之所以努力開發共感產品，是爲了聯繫與擴展人類社群。唯有共感，才能同理。」

「孫家那個少主眞的好帥喔，妳看完產品發布會了嗎？」

「有啊，他那句宣傳標語『唯有共感，才能同理』，配上他那張臉簡直是在對我下咒啊。」

「你覺得他哪天會不會自己出一個共感套組？如果出，我一定買！」

廣告輪播了三四回，高中生們才依依不捨地走開。

高音頻的笑聲鑽入路邊半開的車窗，手肘撐在玻璃上打瞌睡的人醒了過來，斜過眼瞥過去，聽到關鍵詞後，大笑起來。

司機從後照鏡看了乘客一眼，似乎有些害怕。

「喂，那個什麼共感套組的，我也要去看一看。工作這麼辛苦，還是得好好欣賞一下自己的成果。」女人裸著的腳踢了下前座椅背，五指染著小巧薔薇圖騰，精緻得像藝術品。

司機本能地一縮，唯唯諾諾地應聲。

共感科技專賣店就在附近的街角，女人腳踩進高跟鞋，下了車，喀搭喀搭穿過人潮。

正開心挑選產品的高中生忽然聽見身邊一道慵懶的聲音響起，轉過頭，只見一位長相漂亮堪比藝人的女性，一身中性打扮與俐落短髮，笑吟吟地開口：「小妹妹，請問一下，這是什麼東西？」

高中生檢查了下手裡拎的產品，而後解釋道：「這是系列共感產品，把名人或藝人的五感經驗封緘一段儲存起來，用帳號登入連結後，就可以以那個人的身分和感官，體驗他的一小段人生。」

「這個又是什麼？」女子拎起另外一個包裝樸素的商品。

「那是孫澈元的公益合作商品，所得都會捐給相關社福單位。」高中生如數家珍，「這個主打的是身障者的同感體驗，保證讓人體驗過後，就會同理身障者在社會上有多不方便，也常常被學校拿來當作生命教育教材。」

女子點點頭，「妳覺得有用嗎？共感之後，就眞的能夠同理嗎？」

對方乍然被問，嚇了一跳，「應、應該是眞的吧？」

女子笑意更深，轉過身走到櫃檯前，無視身後其他人對插隊的抱怨，把一張卡塞到店員胸前的口袋，「我要今天新上架的所有共感套組商品各一個。」

店員抬起頭，正想拒絕這荒謬的要求，看清卡的級別時卻愣在原地，幾秒的反應時間後，連忙頷首致意：「不好意思，我們馬上處理您的需求。」

女子懶洋洋地回以微笑。

購物完，被店員一路送到車邊的女子再度踢開高跟鞋，癱在座位上慢悠悠地撥弄著商品們，「我們的老闆利用共感發了大財呀。我也該來玩一下，看看我複製回來的那些記憶和感官都被拿來做成什麼了。」

女子乘車一路來到市中心，車子開進地下室後，司機肉眼可見地鬆了口氣。她通過層層關卡，終於獨自一人搭上唯一可以直抵頂樓的電梯。門一開，就看見方才在高中生們口中姿態完美的男人在座位上，低著頭簽核文件，肩頭線條挺得筆直。

「先生。」她打招呼。

男人絲毫不動，直到把手裡的事都處理完才抬頭，「這次的新聞是怎麼回事？」

「只是失手而已。」她一臉無辜，「本來只是想玩個遊戲，不小心玩過頭了。」

「玩過頭？」男人淡淡重複，像把那幾個字在唇舌間品嘗了下，「風音，只有這一次，我當作妳眞的只是在玩。如果有下次，妳再引起糾察者注意的話，以後就別想出門了。」

風音笑得瞇起眼，「遵命，下次我會先下手爲強，絕對不會留目擊者活口。」

「風音。」孫澈元的臉色徹底淡了下來。

風音依然無視，笑得天眞爛漫，「開玩笑的。先生，到目前爲止，我還是你最強的共感者吧？」

孫澈元那雙深黑的眼瞳彷彿吸盡所有光線，冷漠平靜，語氣卻帶著眞誠，「當然，妳，是我最完美的作品。」

不是手下或同伴，而是花了心血打造的「作品」。

風音不自覺抬手，指尖很輕地拂過後頸，她自己看不見，平常別人也看不見，只有孫家特產的顯影劑抹上去時，才能窺見那禁忌的烙印。

每個作品都會有自己的編號，她也是。

這樣很好，雖然她完全無法同感所謂的愛恨情仇，但根據她侵入過那麼多的五感與記憶所見，最可以把人聯繫在一起的，是利益而非愛。

群體的隱形規則，是基於我對你是有用的，你對我也是有用的，我們才會聚在一起。

風音在桌沿坐下，玩弄著桌上的鋼筆，「既然我對你還有用，下一個任務是什麼？我好無聊，不能出任務的話，我也不能離開這裡。」

愛是一種罕見的東西，人只能把它留給很少很少的人，比如說——

「你有看到新聞畫面嗎？你之前叫我留意衛凌靈的動向，我注意到那個差點害死孫淨元的男人，又出現在糾察者的隊伍裡，看來是回歸了。」

孫澈元表情沒有變，不過風音熟知人類的微反應，他的小指反射般抽了下，又輕輕撫平已經夠整潔的襯衣下襬——那是人安撫自己的動作。

唯一可以讓孫澈元動搖的就只有家人，現在也只剩下那一個了。

「自然不會讓他繼續待在那裡，」他把風音終於還回來的鋼筆輕輕拋入垃圾桶，「之前派去殺他的打手都是一般人，全部有去無回，我怕引起注意，暫時不能再動手，更不能派共感者過去。糾察者的最高領袖，那個老狐狸局長，從以前就懷疑孫家，在還沒有鞏固夠多的消費者之前，我還不能留下把柄。」

風音看著鋼筆隱入開口，被智慧型垃圾桶喀一下絞碎，「衛凌靈身邊多了一個小孩子，上次就是他幫忙衛凌靈打跑我派去的人，我們花了好大力氣才把那些殺手從警局弄出來。」

孫澈元語氣淡淡的，沒有很上心，「妳這麼想外出的話，去查一下他的來歷，有問題的話，就找個機會處理掉吧。」

風音從桌上跳下來，微歪著頭，「先生，你常說一般人和共感者不同，你們能夠同理他人，那麼為什麼你可以輕易說出要殺死一個陌生人呢？」

「就是因為是陌生人，所以才可以不必同理也不必在乎。」孫澈元的語速微微加快，昭示話題到此為止，「妳也累了，下去休息吧。」

風音知道他耐心用罄，為了自己可憐的外出機會著想，她俐落地離開，默默關上門。走沒幾步，腥氣猛地在鼻間滯住呼吸，嗆得她咳得昏天暗地，草草伸手一抹，滿手濕答答的紅色。

大概是太累了，她抽出紙巾擦淨鼻子下的血跡，沒有太在意。

⁂

衛凌靈在難得可以好好休息的週末又被噪音吵醒了，這次不是音樂，是間歇性的大呼小叫，聽起來像有人在對話。

他茫然地望著天花板，一連串的哲學問題浮現在腦子裡：我是誰？我在哪？我到底為什麼要自找麻煩，容許這個兔崽子租我的房子？

等他七死八活把自己從床上撈起來，移到噪音來源前，試圖嚇唬一下小孩時，卻發現通訊器連著共感套組裝置的白承安開心得不得了，壓根沒發現他的存在。

那裝置看上去頗像遠古時代的錄影帶，是個方形黑匣子，衛凌靈低頭看一眼被撕開的包裝，上面極其曖昧聳動地寫著——人妻極密一日體驗。

他臉一黑，直接關掉儲存著記憶的裝置，把魂不知道已經飄去哪裡的白承安喚回現實。

「衛凌靈，這個很酷，你要不要玩玩看！」不知道何時開始直呼其名的白承安還是笑笑的，似乎總有用不完的精力，玩不完的新鮮事，「我把連結傳給你，帳號是我的名字，密碼是兩個零。它是一段記錄五感的全息影音，登進去後，你會覺得你在以那個人的身分，體驗到他當下的感官，超級帥的！」

「這麼簡單的密碼，你不怕被盜嗎？還有，你玩這什麼亂七八糟的體驗主題？」

衛凌靈原本想關掉操作介面，反而一個手滑，按到了擴音。

已經化作電子管家的共感核此時偏偏偵測到熟人面孔，自動打開連結門外的喇叭，又好心地提醒，「林心教授來訪，依據人類的社交禮儀，這些聲音似乎不適合讓林心教授聽到，需要我先幫您屏蔽對外通訊嗎？」

衛凌靈不確定自己要先掐死捧腹大笑的少年，還是多管閒事又沒管到重點的共感核。

一陣極爲尷尬的解釋後他才順利請進了教授，林心一臉憂心道：「我看到新聞了，我老公沒爲難你吧？」

衛凌靈看一眼白承安，後者其實不是眞的不會看人臉色，完全是看人調整白目程度，這時候就特別機靈，「我去倒茶。」

白承安一走，衛凌靈打開通往陽台的窗，「我們到外面聊吧。」

夏天的末尾已悄聲降臨，晨色微涼，兩人簡單交換近況，林心眉頭一直皺著，「我做共感研究幾十年，對人沒有任何同理心，而且能力強得可怕的共感者越來越多了，多得速度很不尋常。即使是正常繁衍，也該有個進程才對。」

「起源是基因，但演變成這樣，背後肯定有人工的痕跡。」衛凌靈淡淡說道：「我記得教授說過，有些學說認為人類在還沒有語言和文字系統的時候，是利用共感能力溝通。這也是為什麼直到今日，雖然大多數人普遍失去了共感能力，卻還是存在共同的集體潛意識，那是過去人類歷史的殘影。」

「你想說什麼？」

衛凌靈揮手示意玻璃門內的白承安把茶放下，可以走人了，「這樣的基因演變或許是返祖現象，可能有跡可循，而有人發現了這背後的巨大力量和利益，想要人工誘導更多的基因突變。像教授這樣的學術專家人才，很快就會有人對妳招手了。」

「你說得沒錯，」林心笑了笑，爬著皺紋的臉孔美麗卻憂傷，「我有時候也會想，我研究這些到底有什麼用呢？」

林心有些茫然地提問，又像在問自己。

她大半生都追尋著眞理，可是有多少人像她一樣在意眞相？不知道眞相、蒙昧一生的人，未嘗就會比較不幸福。至少不會像她，殫精竭慮追尋眞理，又唯恐誤開潘朵拉的魔盒，讓有心作惡的人發現途徑。同時，身邊的所有人都告訴她，做這些研究把自己累成那樣並不値得，也沒必要。

「人類是群體的生物，和另外一個人建立交流是我們的天性，然而爲什麼演變是這種方向呢？如果世界上有神，祂在試圖告訴我們什麼？」林心迷失在思路裡，喃喃仰頭。

「教授，妳想太多了。」衛凌靈放下交疊的手指，「人類太過渺小，再過幾十年，我們這些思考的意識全部都會化爲烏有。誰知道物競天擇會不會純粹只是巧合呢？

「以前……有一個糾察者前輩告訴我，我們很難完全控制機率和命運，所以我們信的只有我們的槍、我們的共感核、我們的戰友。」

共感核的微光隱隱棲息腕間，映著他漆黑的瞳，也像黑夜裡稀疏但足可引路的星光。

「妳呢？妳相信什麼，教授？」

年輕時的衛凌靈個性鋒利又自我，大概很難說出這樣的話。

林心啞口無言，回思了一遍，苦笑起來，「誰像你們有共感核倚靠？我們這些普通老百姓，能信的也只有命運。否則現在都已經是科學時代了，爲什麼還是有人求神拜佛？」

衛凌靈還想繼續說，林心抬手攔住他，笑得溫柔，儼然一位慈祥長輩看待後起之秀的神態。

「你眞的長大很多，凌靈，這幾年在糾察者隊上學到了不少吧？尤其之前一整年待在孫家臥底，我眞的很擔心你，幸好你順利回來了。」

原本鬆鬆擱在露臺台邊緣的手指忽然一緊，衛凌靈轉過頭，「您知道我是去臥底的？」

「你副局長告訴我的。放心，我會保密。」細密的皺紋爲她那張臉添上柔和，連同聲音也軟軟地散入黑夜，「看你被新聞罵成那樣，我很心疼你這孩子。我相信你，如果有機會的話，一定會保護孫淨元到底。」

衛凌靈原先只是默默聽著，直到最後那句話戳進心窩，濺出一團不爲人知的血花。

「做不到是我能力不足，」衛凌靈淡淡一笑，卻不想繼續討論這個話題，轉而問道：「您特地跑這一趟，不會只爲了確定我過得順不順利吧？」

林心失笑，「你防備心什麼時候變這麼重？我以前不也常常來看你？」

衛凌靈心底閃過一絲模糊的疑慮，林心說話時眼角平直、頰邊弧度生硬，那是一個虛假的笑容——她在說謊。

爲什麼？

他有點尷尬地快速笑一下，轉過臉，「要不要進來吃點東西？我們還沒有吃早餐。」

「不用了，今天是週末，不好意思這麼早打擾。」林心很快告別，打開落地窗走進客廳，衛凌靈措手不及，只得一路送她離去。

外頭的私家車等候著，林心上車沒多久就接到通訊請求。

「怎麼樣？」副局長單刀直入，帶著一絲急切，「妳覺得衛凌靈是不是怪怪的？有沒有哪裡和以前不一樣？」

林心按著眉間，「這些不一樣有太多種可能，或許那次爆炸的創傷改變了他，也或許是他太久沒有回到崗位，開槍失準也正常。」

「妳不了解衛凌靈，妳以爲他只是妳課堂上的小助教？他當年是最強的糾察者，從來都是彈無虛發，下手絕不猶豫，那些是刻在本能裡的東西。可是妳知道這一次任務他失準整整六槍嗎？我看到任務報告時都傻了。如果……如果我能證明他已經沒有能力繼續擔任糾察者——」

「你這麼希望他被開除？」林心沉下聲音，「他是你的手下，沒有犯任何大錯，你爲什麼從以前就這麼討厭他？」

「心，我和妳說過了吧，那傢伙是局長的人，有他在，我這輩子很難坐上局長的位子，當然要想辦法把局長的翅膀全部剪掉。」

林心不再說話，她望著窗外流動的景色，想起第一次見到衛凌靈時，是在大學課堂上。

在數百位學生裡，他是唯一一個第一次體會絕對共感卻絲毫不害怕的人，遠遠在位子上衝她露出一個自信飛揚的笑容。

她引薦他參加糾察者的訓練，大學還未畢業，衛凌靈就通過了考核，成爲正式隊員。

她聽到很多傳聞，說他果斷公平到近乎冷血，經常不經共感核認定就殺死入侵的共感者，也沒有一般糾察者常見的職業傷害——因爲太多的共感體驗而情緒不穩或專注力下降。

這樣的天才如今落到這種尷尬的境地，隊友可能對他的能力感到失望，上司又巴不得他表現差，期待他早點被踢出團隊。

「心，妳不要插手，」副局長還沒掛斷通訊，低低訴說，語氣染上狂熱，「現在我的位置前所未有地接近局長，我就快要可以讓我們家過上最好的生活了，妳只要安心等待就好。」

幾秒後，通訊啞了下去。

副局長週末還坐在辦公室裡，剛和林心說完這段話，正滿心澎湃，覺得那閃閃發亮的局長之位似乎唾手可得，就差最後一哩路了。

門外輕響一聲，所有監視器忽然短暫癱瘓了三秒，足夠走廊上的人如入無人之境般輕鬆走進副局長辦公室，微微掀起帽簷，底下那雙眼睛優雅內斂。

「歡迎歡迎！孫先生，眞是不好意思，我們這裡戒備森嚴，勞煩您穿成這樣。」副局長熱情地迎上去，來者不過穿著普通的黑藍色水電工制服，看上去卻貴氣依舊。

「我們已經是這種關係了，寒暄的話就免了吧。」孫澈元禮貌地點頭，不等副局長招呼，逕自在沙發的主位上坐了下來。

副局長的笑容僵了一秒，很快掩飾過去，親熱地坐在他身邊，倒了杯茶，「我這邊有好消息，衛凌靈雖然回來了，但能力大不如以前，我有把握下一次任務可以除掉他。」

聞言，孫澈元只是淡淡一笑，「如果他恢復能力呢？你就沒把握了？」

這下子副局長是真的笑不太出來，孫澈元手指轉著茶杯，沒有下嘴的意思。

「我要的是生意、是利潤，衛凌靈沒保護好我家人，這筆帳我自然會另外和他算，不過你別把這當作和我交易的籌碼。要殺他，我不需要經你的手。」他看出副局長一時的侷促不安，適時地放緩語氣，「副局長，我們還是各自做各自擅長的事情吧。我的新產品上市了，接下來可能會有些麻煩的小投訴，就再麻煩副局長處理，而我會負責做髒事，幫副局長做些漂亮的業績，這才是雙贏，你說對嗎？」

也許是冷氣溫度太低，副局長隱隱感到皮膚竄起一陣雞皮疙瘩。

孫澈元的聲音壓得更低，「等你當上局長，我自然會全力配合，管好我手下的共感者們，他們會乖乖地、安分地鋪平你的政治官途。」

被權勢沖昏頭的副局長全然沒有察覺，那雙藏在帽子陰影底下的眼睛浮著光，眞誠的微笑下藏著不祥的血腥氣息。

結束拜訪後，孫澈元維持著水電工的裝扮搭電梯直達地下停車場。一到了無人的地下室，他再次啓動干擾儀，在失去作用的監視器下邊走邊扯開領口、脫下手套，解開沉重的背心甩到身後，露出底下原本的雪白襯衫。

他停步在車邊，把手上的一堆衣物塞給安靜侍立車旁的手下，低下身坐進車裡。

「去醫院。」他只說了三個字，但司機馬上理解，沉默地開上路。

三年前的爆炸後，孫澈元去醫院的次數寥寥可數，人們偶然議論起，都認爲他是無法接受親人們一夕之間死去，只剩下一個弟弟的事實。

主治醫師早已在辦公室等待，冷汗微微沁濕鬢角。孫澈元走進來，頗有禮貌地和醫生點頭打招呼：「這些年我弟弟麻煩你了。」

「別這麼說，這是我應該做的。」

孫澈元示意手下將手提箱放到桌面，掀開扣環，把夾層打開，露出底下整整齊齊的鈔票，「老規矩，一點心意。我要你讓他好好活著，不過不要太快醒來。」

醫生看著那張文質彬彬的臉，又想起三年前那一幕。

爆炸甫發生時，所有新聞台都瘋了，鋪天蓋地的揣測與即時報導紛至沓來。他們醫院收到大量燒燙傷傷患，傷勢非常嚴重，所有醫生都焦頭爛額。就在那時，院長忽然說有重要來賓到訪，硬要幾位主治醫師停下急救腳步，到辦公室見他。

那是他第一次見到鼎鼎大名的孫家人眞人，在此之前，他只知道孫家捐了許多錢給醫院，同時也是主要股東之一。

年輕的孫家二少爺看著他們，眼神卻像在看著沒有生命的物體，短短幾秒停頓後，他開口：「還在搶救中的孫家人裡，只要留下淨元就好。」

在場的醫護人員都愣在原地，他掃過眾人的視線很鎮靜，鎮靜到幾乎有些陰冷，「孫家家聚時遭遇恐怖攻擊，多數家族成員不幸傷重不治，只有淨元運氣好，活了下來。如果我在外面聽到不一樣版本的故事，我唯你們是問。」

於是，那天後來發生的事情刻進他的惡夢裡，在很久之後都還能讓他流著冷汗醒來，想起他們是如何無視病患的痛苦哀號，硬生生把他們放到斷氣。

只有那個最小的孩子活了下來，被兄長下令做成一個活標本，受最好的照料與醫護，卻沒有一絲一毫的意識與反應。

「我想看看他，可以嗎？」

「當、當然沒問題。」主治醫生連忙引他走向保護嚴密的高級病房，「他體徵都維持正常，唯一要提醒孫先生的是，如果一直用藥物抑制意識復甦，我們不確定長期下來會不會對大腦造成什麼永久傷害……」他最後的話在孫澈元回頭的眼神下卡了詞，「當然，我們會盡全力確保不會發生這種事情。」

孫澈元打斷他，「我要一個活的孫淨元，可是他可以不必醒來。我說得夠清楚了嗎？」

醫生嚇得連連點頭，逃難似地倒退離開，一道厚重的門無聲隔開了病房裡外。

他總覺得孫澈元身上有某種可怕的因子藏在面具之下，更別說他底下管的共感軍團，他們藏身於一般人中，輕輕鬆鬆就可以毀掉一個人的腦。

孫家用這個兵隊暗中威脅人、控制人，甚至偷偷除掉與他們作對的人——都是一群瘋子。

孫淨元躺在床上，眉眼乾淨，安祥得和睡著無異，和小時候很像。

孫家的手足們個個為了經營權殺紅了眼，唯有孫淨元，或許是因為年紀小，也或許是因為天生脾氣就溫和，他沒有參與權力鬥爭。

「說起來，我們家雖然是做共感生意，但你是唯一一個遺傳了基因的共感者呢。」

孫澈元站在病床邊自顧自開口，無視他說話的對象無知無覺，像個靜止的雕像。

因為沒有管理的才能，也因為這與世難容的共感天賦，孫淨元在孫家的企業裡並沒有正式的職位。他只能發揮共感的力量，負責監控家裡培養出來的那一大群共感者。

在孫澈元為了奪權和兄弟們鬥得你死我活時，孫淨元如同活在一個乾淨的玻璃罩子裡，負責和這群孫家不想正眼看到，卻又奠基著家族成功的共感者混在一起。

「你看，其實家族剩下我們就夠了，這一切都還挺井井有條的，對吧？少了那些煩人的阻礙，少了你的瞻前顧後，我可以盡情讓這群共感者三不五時出來遊蕩，不然他們被關這麼久實在太可憐了。你的那個保鑣兼朋友，衛凌靈，現在肯定很煩惱吧。

「你就這樣活下去，讓我知道我回頭時，還有一個人在就好。」孫澈元耳語般說道：「當然，我會找出害你變成這樣的人來爲你報仇，可是你也不要醒來了，不要看到我做了什麼事，好不好？」

沒有人回應他。

孫澈元抬起手，指尖在孫淨元的臉龐游走，卻終究沒有碰觸他。

不知過了多久，祕書才小心翼翼在通訊裡提醒：「先生，等等您還有合作廠商的會議。」

他俯身良久，才淡淡應了聲：「就在這裡開吧，我用投影。」

這次的會議對象是一家科技用品下游通路商，對共感商品仍有些疑慮，「構想聽起來是很吸引人，但是其中會不會有法律問題呢？您確定這些商品都是經過本人授權，同意他們的五感體驗能被使用嗎？」

「絕大部分產品的來源都是娛樂產業的藝人，或是和補教業的旗下講師談的授權，所以這些當然都是合法的。」切換成商業洽談模式的孫澈元彬彬有禮地微笑，

「然而，畢竟大眾對於共感的口味很廣闊，也不能排除有些是我們從『特殊管道』取得的記憶體驗。」

對面的男子隨即大驚，說話開始有些語無倫次，「您是說，有些是違法取得的？」

一絲隱密的笑被藏在孫澈元的嘴角，他很輕地說了句：「他們不會知道。」即使知道了又能怎麼樣呢？

「什麼？」男子沒有聽清。

孫澈元漂亮到有些犀利的眼睛直視鏡頭，隱隱含了涼意，「所有共感產品都有授權，不過只要不傷到被侵入者的大腦，共感本身不會留下證據。我們當然會按照規定，讓他們把共感記憶交出來的同時簽下同意書，可沒有人可以證明那些授權文件是不是他們自己按下同意的。何況……說真的，到底有多少人在按下網路上的隱私權條款時，一行行把那些資料全部看完？您會看完才按下同意嗎？共感的同意書也是一樣的意思。」

他沒有說完的是，因爲沒有傷到腦部的絕對共感不會留下證據，就算受害者發現個資被不當使用，即使報案、投訴，警察或糾察者也找不到任何線索。

見對方臉上有些鬆動之色，孫澈元適時地清了下喉嚨，「您知道，做科技產品的最需要就是時機，如果您這邊還是有疑慮，我們的合作可以先暫緩，我會先找其他廠商談……」

男子果然急了，和身邊的人耳語幾句後，回應道：「我們有意願合作，先準備合約吧。」

孫澈元藏在視訊鏡頭後，一縷笑意浮現在他的嘴角邊，從幽微的弧度開始，漸漸擴大。

理想的世界，不再分出你我的世界，會一點一點成型，等到人們意識到時，早已經深陷其中，再也無法想像沒有共感的世界。

第五章　非保護不可的人

日常忙碌的糾察者們，此刻還不知道危險正步步進逼。

白承安雖然什麼都學得很快，然而無論穿了多少次，他還是很不習慣糾察者的制服。為了防止肢體直接接觸，增加被共感入侵的風險，成套的制服像個深藍鐵桶把人鎖在裡頭，沒有一點縫隙，繃得人喘不過氣。

「你嫌拘束的話，在辦公室就不用穿得這麼完整。」

衛凌靈看他穿穿脫脫好幾次，終於忍不住出聲。

白承安馬上笑嘻嘻脫掉手套扔開，湊過來擠在他旁邊，「你在看什麼？」

衛凌靈退開一些，讓他可以看見桌面同時打開的幾個螢幕正各自跑著不同的資料，「這些投訴案件非常細瑣，裡面有些訊息值得細看。不要靠這麼近，你不熱嗎？」最後一句帶著嫌棄。

「當然不熱，隊友就是要這樣培養感情呀。」嬉鬧一陣後，白承安硬是把頭搭在他肩上，靜下來看。

其中一個螢幕是二十四小時即時更新的新聞，在他看的時候，正好播出孫澈元新推出的共感商品破了自家系列產品的銷售紀錄，隨著名人爭相使用，共感的議題再度攻占媒體版面。下一則新聞則是共感者傷人的事故，糾察者最後雖救回受害者，卻沒能抓到作惡的共感者。

被視爲危險異類的共感者，和包裝後變得可口流行的商品，被諷刺地擺在一起，先後映入白承安的眼簾。

「其中一則投訴案件，來自一個三線的小藝人，沒什麼名氣，偶爾會上上節目的程度。她指控孫氏科技盜取她的記憶和五感，在她沒有授權的情況下，把她的感官隱私販賣出去變成商品。一般來說，藝人們的經紀公司會把旗下藝人的特定記憶片段當做周邊販售，也有很多粉絲會花大錢購買，但她堅稱她的公司和本人完全不知情。不過因爲她名氣實在太低，且孫澈元在網路上又有擁護者，網友紛紛湧到她的社群媒體嘲笑她蹭熱度，她現在已經把留言區關掉了。」

衛凌靈指尖敲了下螢幕邊緣，「我不覺得她在說謊。」

白承安擰眉，嘻皮笑臉的神情正經了些，「你覺得孫家眞的有派人盜取五感嗎？可是這要怎麼做？」

「共感者。」衛凌靈只簡單說出三個字。

兩人對上視線，白承安只覺得有一股涼意從尾椎處游曳而上，「你是說，他們現在賣的產品，可能有一些是入侵後獲得的非法記憶？」

「想像一下，你現在看到的東西、聽到的聲音、體會到的每一絲感覺，全部在非自願的情況下被賣給大眾，當作他們閒暇時的娛樂。」衛凌靈笑得有點僵冷，「人類喜歡窺看別人的生活，甚至要求掌控親近之人的每一個動態，這是一種本能。可是做到這種程度，等於把隱私變成非自願公開的秀，人跟動物簡直沒有區別。」

白承安看著那幾則雷同的投訴案件，想起他之前去購物時看到的產品廣告，「這些產品主打『付出一點價錢，就可以親身體驗這輩子不可能嘗試的感受』，比如成爲喜歡的藝人，用他的身分感受一段記憶，是現在粉絲間非常流行的事情。這種趨勢符合人性，想要阻擋是不可能的。」

衛凌靈嘆息，遠遠看到沈湘走來，「分享需要有界線。有些家長或情侶也是共感產品的愛用者，甚至會要求他們的情人或小孩必須隨時打開共享，全方位檢查他們在哪裡、在做什麼。如果對方不抱有同等的意願與想法，這種分享已經和入侵沒兩樣。」

沈湘走近時，衛凌靈和白承安已經很有默契地閉嘴，這一幕毫不意外又惹得沈相沉下臉，「白承安，今天的訓練做完了嗎？」

「沈湘，你又不是他的主管，問他這個幹麼？」衛凌靈無奈道，伸手拍了下自己座位旁，「別再找他麻煩了，過來一下，給你看個東西。」

沈湘快速看完投訴案件內容，臉沉了下來。

衛凌靈壓低聲音，「副局長不喜歡我們管這些，可是你不覺得這些案件背後有點什麼嗎？」

阿進看他們都湊在一起，也從遠處跑過來，「在講什麼祕密嗎？」

三隻手同時摀住他的嘴。

「沈湘，既然我們是前搭檔，當作幫我一個忙，別告訴副局長，我會自己調查背後的證據。」衛凌靈關掉螢幕，望向那雙長年冰冷的眼睛。

沈湘咬牙，「我記得當初我邀你回來當糾察者時，你有多不情願，現在爲什麼變這麼積極？還突然甘願冒險去查？孫家的事情三年前已經不了了之，你死咬著不放，是想要爲自己雪恥，還是有什麼目的？你總是想把所有人推開，但你別忘了，我們是你的隊友，我們也有權知道你的計畫。」

白承安也回過頭看他，衛凌靈回看對方一眼，內心想著：我怎麼能在你面前說實話？

從林心那天的試探開始，衛凌靈更清楚地意識到，他的時間不多了。孫淨元還在病床上被嚴加看守，共感者卻已經日漸張狂，像某種危險卻迷人的毒藥滲透進整個社會。

隱私不再值錢，人們卻沉浸其中，是受害者，同時也是兇手，但他什麼也不能說……突然，共用的通訊頻道警鈴大作，打斷了這場欲言又止的僵持。

阿進哀號一聲，「又是紅色警戒！」

衛凌靈掃過副局長發出的命令，渾身一顫。

沈湘抬頭看他，不帶情緒地開口：「祝你好運，指揮官。」阿進比他們還緊張，「爲什麼這麼急著讓衛凌靈當指揮官？他還需要熟悉任務手感，這樣安排對隊員或對他本人都很危險。」

「副局長的安排，你有意見就自己找他反應。」沈湘冷聲道，忽然一把抓過衛凌靈的領口，輕輕收緊手指，「衛凌靈，看在以前和你的交情，我不會告訴副局長你的想法。可是如果你還是什麼都不願意和戰友說，裝著一副和我們格格不入的樣子，這就是我最後一次幫你。」

他放開手，與衛凌靈擦肩而過，急促的步伐帶起一陣剛硬的風。

⁂

風音騰空晃著雙腿，無懼自大樓底下吹上的涼風和令人眩暈的高度，和耳邊的通訊器繼續說話：「記得，衛凌靈先不能動，我們的目標是那個孩子啊。」

在她的腳下，城市夕陽西斜，橘紅光芒灑落在環狀的車道上，無數車流規律行進，準備回到各自的家裡。

那是她無法想像的世界，從她有記憶以來，就只有偌大的地下實驗室可以稱之爲家。

幸好，當時管理他們的孫淨元十分溫和，才不像孫澈元連碰一下她碰過的東西都不願意。

風音瞇著眼，看夕照壯麗染遍天際線，連這樣再普通不過的景色，於她而言都是奢侈的畫面。

孫家有至少百位和她一樣的共感者被關在大樓底端，只有有任務時才有機會離開。

儘管是如此短暫的自由，她還是願意千方百計接下任務，只為了可以再多感受一點。

她記得小時候曾經問過孫淨元，爲什麼他們不能出去？

年紀和她差不多的少年神情憂傷，反手摸了下她的頭，「因爲我們太危險了，而且外面有人想殺我們，待在這裡比較安全。」

直到長大眞正成爲孫淨元口中的危險人物後，風音才理解孫淨元的話——共感者注定被獵殺，卻也注定渴望獵殺別人。

然而那個少年最先化成風，帶著不知所蹤的意識，徹底消失在他們眼前，從此不必再面對這些紛擾。

「所以，你才會先跑掉嗎？」風音晃著腿，仰高下巴望向天空，良久，她似乎感覺到了一點點懷念，在她與常人不同的腦袋裡，輕輕地拂過一絲痛楚。「但你現在應該自由了吧。」

風音沒有時間多愁善感太久，她很快接到訊息。衛凌靈那夥人簡直是牛皮糖，不只白承安，一行人追著被共感控制的一群年輕人，朝她佈下伏兵的廢棄工廠前進。

她打了個呼哨，從樓頂爬下，興奮感緩緩在血液裡延燒起來。

共感者改造過後的基因把他們的性格三審定讞，他們天生就不懂害怕、不懂退卻，愈是刺激的事情愈能讓他們覺得活著。

另一邊，另一批人也正在趕去的路上。

阿進幾次聯繫不上副局長，念了句：「讓衛凌靈現在就當指揮官，副局長根本存心要他出事吧。」

沈湘看他一眼，「對你來說有差嗎？反正不管是誰當指揮官，遇到危險你都跑第一。」

阿進咬了咬牙，還是忍不住爆發了，「沈湘，你有沒有一點同理心？他是你的前搭檔，我不求你對搭檔多貼心，但至少在這種時候，你也多少考慮一下別人的心情！」

他在沈湘面前總是唯唯諾諾，活在和衛凌靈比較的陰影底下，很少這樣對他疾言厲色。

沈湘微微愣了下，和前排回頭的衛凌靈隔空交換個神色，後者聳一聳肩，還帶了點幸災樂禍的笑意，顯然樂見阿進難得可以在氣勢上贏沈湘一回。

阿進逕自改坐到衛凌靈身邊，和他討論起任務。他們在車上迅速分工，沈湘的隊伍沒有意外負責戰鬥那一塊，阿進負責後勤支援，白承安則是負責警戒與資訊蒐集。

百貨公司案的前車之鑑猶在眼前，每個隊伍配了至少三人相互支援，不過衛凌靈的神經還是緊繃著。車子停在廢棄工廠外時，白承安本能地就想跟著下車，被他一把攔住，反手推回車內。

白承安一臉錯愕，衛凌靈趕在他開口之前先發制人，「白承安，別忘了你的任務是警戒不是戰鬥，你在外面等，沒有我的指令，不可以離開崗位。」

他顯然還想說什麼，衛凌靈已經伸直一根指，語氣不容質疑，「我不是在跟你討論。」

對方澄淨的眼眸直視著他，不解他難得凌厲的口吻，開玩笑似地握住他的指，「這麼寶貝我呀，捨不得我受一點傷？」

還眞說對了。衛凌靈抿著唇沒有心軟，他對自己發過誓，白承安不能再出任何事，他非保護他不可。

想起上次的美食街事件，他依然覺得害怕，如果當時他沒有保護到白承安的話……

他承受不起再一次的失去，這個人不能再離開了。

看白承安沒有答應，衛凌靈輕輕掐了下面前的人的臉頰，「白承安，這次的任務很危險，我以指揮官的身分命令你留守崗位；而身為你的共感者監護保證人，我也需要你聽我的話，證明你沒有危險性。」

「什麼都不做才代表沒有危險性嗎？」衛凌靈咬緊唇，猶豫的軟弱之色一瞬掠過，很快又凝固成決絕的神情，「如果這樣才能保住你的命，沒錯。我寧可你什麼都不做。」

在白承安張口抗議前，衛凌靈伸手，像白承安之前在餐桌對他做的一樣，草草揉了下他的頭以示安撫，轉身快步離去。

衛凌靈帶著三人小心勘查門口，確定沒有伏兵後，率先踏入工廠。

像劣質的恐怖片般，這裡所有物品與裸露的管線都陳舊而凌亂，女子清脆的笑聲突兀蕩漾在挑高的空間中。

一道黑影突然一閃而過，轉眼間那道影子似乎已經爬到了很高的位置。

「我追，你們先搜一遍，把受到共感控制的人找出來！」衛凌靈拔腿跟上，直到來到工廠的頂樓天台。

女子也許是爲了挑釁他，也許是因爲無路可逃，在他打開天台大門時，她居然還好好站在原地，對他一笑。

那張臉映入衛凌靈眼底，錯愕閃過的瞬間他脫口而出：「風音！」

原本還懶懶勾著笑的女人神情忽然一滯。

「帥哥。」風音摘下貝雷帽扔開，露出底下紮成短馬尾的髮，跨越性別的漂亮眉眼直直凝視，「你怎麼知道我的名字？」

衛凌靈望著那張臉，心底一陣寒涼，避開了她的問題，「妳現在馬上投降，至少還能活著去監獄。」

「我本來就已經在監獄裡了，爲什麼還要讓你們再審判我一次？」風音像是聽了什麼有趣的笑話，瞇眼笑得暢快，「你就是衛凌靈，對吧？由你來扮演人道主義者也太不搭了，你有沒有算過，這些年你殺了多少共感者？」

「妳沒有必要死在這裡。」衛凌靈深呼吸，「孫澈元和你們說了什麼？說你們離開他就無路可去嗎？妳是成年人，妳有判斷能力，只要不犯罪，共感者還是可以正常地活在這世界上。」

最後一絲霞光像遲滯的淚，緩緩滴入黑夜，天空徹底黑了下來。

他們都知道共感者在社會上幾乎是最底層，身爲人人畏懼的異常者，所謂「正常地活在世界上」，其實依然如同在地獄裡艱難求生。

但衛凌靈仍然想這麼說，想盡他最後的努力拯救眼前的女子。

風音一動不動，頓了幾秒，大笑出聲，「夠了，這碗心靈雞湯給那些還相信糾察者的傻子喝吧。」

她動手的那一瞬間，通訊頻道同時炸開，「他們有埋伏！」

衛凌靈轉過頭，風音的笑聲驟然貼近，「帥哥，你這個表情生動多了，我喜歡。」她蒼白的手指擦過他及時閃開的肩頭，抓了個空。

衛凌靈在意識裡對共感核下令，「入侵她的大腦，啓動絕對共感。」

一零七號的控制力如水一樣往外鋪開，掃到了風音，靜默幾秒後，無情緒起伏的聲音響起，「很遺憾，我沒有辦法。」

衛凌靈用了這麼多次共感核，第一次聽到這樣的回答，「爲什麼？」

「她的神經連結狀況驚人地縝密，恕我直言，在專注力無法分散的情況下，以您目前的精神能量強行入侵，很容易遭到伏擊。我推測，這位小姐的基因經過大幅度改造，更適合戰鬥。」

風音在近距離下看著衛凌靈，漂亮的眼微微眯著，「我今天不能動你，眞是可惜，不過總有一天，我會殺了你爲孫淨元報仇。」

衛凌靈才剛反應過來，風音已經迅速抽身，沿著工廠外緣的緊急逃生梯往下逃離。

他心裡掙扎了下，想到白承安和其他糾察者同伴都還在樓下，不得不放棄風音，反身回到陷入混戰的工廠內。

遠遠超過想像數量的共感者蜂擁而上，糾察者們正陷入苦戰，阿進當機立斷，跳出任務小組頻道，改在公用頻道裡呼叫副局長，「任務編號一零五七號，申請增援與更換現場指揮官。」

當著這麼多人面前，副局長不能聽完不回，不悅的聲音從那一端傳來，「駁回，都到現場了，爲什麼還需要更換指揮官？」

阿進很想罵髒話，但現在有餘裕通訊的人只有他，只得好聲好氣繼續溝通，「敵方人數比我們預估還多，衛凌靈回團隊時間不久，我們需要更換指揮官來應對，還需要請總部加派人手。」

「總部沒人了，即使有人也不是這樣用！衛凌靈就是這一次的負責指揮官，做不來的話，就請他放棄糾察者的身分。」

「副局長，你的命令不合理！」阿進立刻反駁，這是要讓他們全部賭命嗎！

「這是我最終的決定。」副局長冷聲，「沒有人可以改動這個決定，你們還是快點想想怎麼完成任務比較實際。」

阿進氣極，沈湘及時把他推開，一道刀光迅疾劈落，險險擦過兩人方才站立的地方。如他們最糟的猜想，這群共感者不僅懷有強大的共感能力，身上還都帶著刀械。

糾察者們在過於懸殊的人數比例下，隱約有了節節敗退的勢頭。

「沒有人可以改嗎？」

就在衛凌靈心急如焚，準備下達撤退指令時，一道沉穩的聲音忽然傳遍空蕩的空間，激起清晰回音。

大門四周停下戰鬥的共感者面面相覷，找不到聲音來源。

「蠢貨，在上面。」

鐵皮重重砸落，滿天飛舞著嗆人的煙塵，前來增援的糾察者懸吊在被打破的屋頂上，襯著夜色，每個人的臉上都帶著冰冷的審視。

沈湘看著人群裡鬆了一口氣的阿進，微微瞇起眼，心裡對他根深蒂固的偏見稍微軟化了些。

領頭的糾察者開著擴音通訊，以虛擬投影出現在所有人面前的局長微笑著，「立刻更換指揮官人選，由沈湘擔任，其餘人繼續配合完成任務。」

副局長臉色鐵青，投影卻還不肯放過他，「這是我的指示。怎麼樣，夠不夠格命令你？」

共感者還未逮捕歸案，糾察者們就已經開始窩裡反，這個場面如果傳出去，肯定是另一則國際笑話。

副局長在通訊頻道裡啞聲良久，最終乾脆選擇裝死，消失下線。

沒有一點聲音的辦公室裡，副局長捏緊拳頭，大口喘氣。

局長是什麼時候察覺的？他在慌亂中倉促地想著，如果錯過這次機會，之後局長肯定會加以提防打壓，甚至先下手爲強開除他。

原本即將到手的局長之位，可能就此遠離他。

副局長臉部肌肉顫抖著，血絲在眼球裡一縷縷漫開，眼前沒有別的辦法了，他手指發抖地撥出通訊。

另一端很快有人接起通話，聲線平穩，「怎麼了？」

他語無倫次把剛剛發生的事情說了一遍，又道：「局長可能會開始懷疑我，如果他循線查到三年前的爆炸案，我和你之間的關係也會被發現。」

通訊器那頭的人沒有什麼情緒起伏，鎮靜地反問：「所以呢，你現在希望我怎麼做？」

副局長眼底泛起野獸被逼入絕境般的凶光，「我要衛凌靈做替罪羔羊。」

孫澈元還在一個應酬的飯局裡，坐在宴會桌前，眼前是富麗堂皇的景象，耳邊是爾虞我詐的陰謀詭計，儘管如此，也沒有影響他不時對過路人微笑點頭。

他打從心底認爲副局長是個蠢貨，爪子都還沒磨利，就想對局長那隻老狐狸下手，難怪被一個下馬威嚇得魂飛魄散。

然而他同時也特別愛蠢貨，尤其是手上握著點權力的蠢貨。

孫澈元微笑地一邊切開牛排，一邊開口：「一旦我出手，局長會把目光轉向我這邊，我們會在風口浪尖上。如果不能一擊斃命，死的就是我們，你能承擔這種風險嗎？」

「當然能。」副局長的聲音像是鬆了口氣，「我們要往衛凌靈身上潑髒水，順道把局長拖下去，只要民意輿論站在我們這邊，我們就贏了。」

「那麼，我需要你先開第一槍，現在我手下的共感者還在那座廢棄工廠裡，只要這次任務失敗，被控制的無辜民眾沒有被救下，臨時更換指揮官的局長難辭其咎。」

副局長連連應聲，孫澈元望著刀子上濕潤的鮮紅，銀亮的面映著他的臉，「然後，我會把訊息透漏給記者，讓大家知道三年前爆炸發生前，和我通風報信、讓我用投影出席的人是衛凌靈。至於爲什麼衛凌靈會提前知道爆炸的事情，幕後黑手就是利用公權力濫殺、因爲孫家沒有行賄就懷恨在心的局長。怎麼樣，這個故事賣點還夠吧？」

掀開糾察者的醜惡祕密，順帶洗清孫家的嫌疑，一石二鳥。

聞言，副局長愣了幾秒。

孫澈元一口咬下牛排，豐足的味道與淡淡的血腥氣息磨過唇齒間，從中品出了一點細膩的愉悅，「你覺得如何？」

現場的共感者與糾察者還在戰鬥中。雖然局長派來援軍，但不知道爲什麼，共感者還是不斷從四面八方湧入，彷彿接到了什麼命令，硬要和在場的糾察者不死不休地爭鬥下去。

背負著不能再殺人的禁令，糾察者們綁手綁腳，只能用共感核的優勢企圖掠奪意識。可這群明顯受過大幅基因改造的人，顯然並不像一般共感者，可以輕易被奪走身體控制權。

而那群被控制住當作誘餌的年輕人早已在他們纏鬥的過程裡，陷入大腦受損後的沉眠，通常到了如此情況，即使就醫也很難再恢復。

「這不符合他們的行動模式。」沈湘在槍戰中利用短暫的間隙滾到掩體後，手指飛快換上彈匣，「很不正常，他們沒必要爲了幾個已經失去取樂價值的人和我們死撐到底，他們一定有個目的。」

一樣在掩體後喘息的阿進已經過了一開始嚇得面如土色的階段，現在所有的小分隊也打散了，全部人都投入第一線戰鬥裡，「他們甚至不讓我們撤退。」

被解開鐐銬的共感者們幾乎陷入瘋狂，連風音也接到孫澈元不必再顧忌不能傷到衛淩靈的命令，去而復返。

衛淩靈遠遠對上她的視線，風音揚起單邊的唇，忽然轉開目光，她在人群裡鎖定了唯一一個沒有共感核保護的人。

衛淩靈順著她的視線望去，睜大眼睛，「白承安，快回去，別過來！」

目睹夥伴陷入絕境，白承安無法置身事外，也跟著加入戰局。只不過沒有共感核保護的他，此時在共感者眼中就是一塊香氣四溢的牛排，是隨時可以下手的美味目標。

衛淩靈的喊聲湮沒在嘈雜的打鬥聲中，白承安渾然未覺，風音在其他共感者掩護下悄無聲息接近，並在其視線死角處猛然發動攻勢。

風音手指掐住了白承安沒有好好扣上的領口，一路鎖上喉嚨，肢體接觸那秒，她的意識強硬沿著神經網路往前探索。

白承安渾身一抽，五感瞬間出現重影，像接觸不良的投影。

衛淩靈此刻已經快要用罄專注力，能使用絕對共感的時間越來越短，看到這一幕，心臟落了一拍，用盡全力一腳蹬開眼前持刀的共感者。

「挺能撐的嘛。」風音笑言，一點點輾過白承安意識的反抗，「你比那些只能躲在共感核後面的人有種多了。」

共感核一零七號光芒大盛，進入白承安腦中阻擋入侵的風音，「您這樣說並不公平，身爲共感核，我們的宗旨是守護，不是破壞。」

衛凌靈簡直不知道該如何吐槽共感核的破設定，都已經這麼危急了它還有心情和人類抬槓！

兩個截然不同的意識同時在腦袋裡來回爭鬥，看不見的戰爭像在黑夜裡不時騰起的火花，炸裂在白承安的腦裡。

白承安難忍地跪了下來。衛凌靈此刻已經分不出心神，只能專心控制著共感核，試圖把風音的共感控制驅逐出去，沒有注意到方才被他踢開的共感者已捲土重來。

「衛凌靈！」

即時收到警告的衛凌靈雙眼大睜，咬緊了牙，卻不打算分神去躲……

就在此時，白承安爬起來，衝上去側過身替他擋了那一刀。

深色制服上，一團更深的顏色無聲擴散。

衛凌靈眼睛紅得似要滲血，那是共感核過度使用的副作用，「一零七號——」

「我知道您要我全力保護白承安先生，不過還是要義務警告一下您，」過度善解人意的共感核在意識裡回應他，「共感結束後，您差不多就會失去戰鬥能力了。」

冷汗迅速浸濕全身，震盪的感官與知覺被放大到難以忍受的程度。以大量精神與體力作爲交換，衛凌靈的意識和白承安的幾乎疊在一起，吃力但穩定地往外，把風音的意識推了出去。

就在共感侵略被制止的那一刻，衛凌靈眼前一片模糊，腦裡轟隆一聲，他再也爬不起身。

風音的臉色沒有好到哪裡去，卻不屈不撓地抽出隨身的短匕首，「看來你對衛凌靈很重要啊，那我就先殺你好了。」

白承安喘著氣，幾個交手後往後跌落在地，仰躺著擋下風音持刀的手腕，雙手卻漸漸無力。

「衛凌靈眞是多情。」她的臉上滿滿都是嘲弄，「你以爲你是第一個被他這樣保護的人嗎？我的前老闆孫淨元，以前和他好得很呢，最後還不是落個半死不活的下場。我原本挺高興老闆找到一個好朋友，一直到出事之後，我才曉得原來他是糾察者，那麼一開始那些感情算什麼？」

風音兩手一起施力，刀尖緩慢穩定地往下，刺進白承安胸口的制服，穿透了衣料。

血隨著刺痛奔湧而出，白承安幾乎要撐不住，泛白的手指抖得不成樣，眼看手臂即將滑落，失去阻礙的匕首就要刺穿胸口……

在生命即將結束之際，一直空白的過往忽然透出隱隱約約的端倪，有一張溫和的少年臉孔在記憶裂縫無聲浮現。

那是誰呢？

非常重要，卻被他忘了三年的人，是誰？

光影流轉的那幾秒，另一道身影衝出來，遮住了光。

腦部被入侵的劇痛加上失血過多，白承安終於撐不下去，手往兩邊無力地攤開，意識隨之黯淡渙散，只恍恍惚惚聽到刀刃破空的瞬間，衛凌靈對風音說了句什麼。

懸著的致命匕首猛然頓住，沒有刺下。

衛凌靈耗盡了精神力，本能地剩下想要保護白承安的念頭，在意識清的最後一刻伸長指尖，只來得及抓住白承安的手，含含糊糊問：「你爲什麼不聽話？」

白承安微微一動唇，還沒有攢起回答的力氣，就筋疲力竭陷入混亂的深眠。

第六章　億萬之一的奇蹟

沉睡的衛凌靈像是沉入一片幽深的大海，做了很多凌亂的夢，回憶在飄泊的意識裡斑駁。

他回到了一個平凡的午後，在孫家宅邸花園的角落，他和少年無聲並進。忘記講到什麼話題，孫淨元突然停下腳步，回頭看他，「你現在和我說這些有什麼用？我是一個共感者，社會大眾怎麼看我，你很清楚。」

「你把自己和那些共感者封閉在城牆裡，難道人們就會理解你們嗎？」

孫淨元表情總是溫潤，但此刻他臉上罕有地閃過怒意，「如果我們離開這道保護牆，如果我們眞的因爲我們無法控制的基因而傷人，你不是比誰都知道糾察者會怎麼對我們嗎？」

衛凌靈的神情空白一秒，直視對方薄薄雙眼皮底下漂亮卻哀傷的眼睛。

孫淨元抬手，難得衝動地拽著衛凌靈的領口。他知道這座宅邸與花園到處都是監視器，也知道他那看似溫和，實則控制欲極強的二哥一直監視著他的一舉一動。

可是只有這一次，他想要讓衛凌靈理解他，理解沒日沒夜糾纏他的惡夢，理解他身為共感者永遠無從選擇的無奈。

衛凌靈渾身一僵，克制住被共感者靠近時想要閃避的身體本能。

少年在他耳邊很低很低地耳語：「……對，衛凌靈，我知道你是糾察者派來的臥底。」

衛凌靈瞇緊眼，幾乎在同時摸上了自己的槍，不過理智隨即制止他的下一步動作。

孫淨元不會傷害他，他很清楚。

少年注意到他的反應，心情疲憊到極致，嘴角反而飄起一抹諷刺的冷笑，「不過沒關係，我依舊會當你是好朋友。」

孫淨元放開衛凌靈被抓皺的領子，轉身繼續往前走。

衛凌靈看著他的背影，沒有跟上。

幾天後，又是黃昏的花園，孫淨元靠在欄杆上，耳邊的通訊器一閃一閃地發著光，代表他正在通話中。然而這場對話顯然不怎麼順利，衛凌靈遠遠就看見他清秀的眉間深鎖著。

衛凌靈走過去時，他掐斷通話，轉頭看他，「現在想竊聽都這麼光明正大了嗎？」

「你又沒外放聲音，我根本不知道你說了什麼。」衛凌靈彈了下手指，「怎麼，公事不順利？」

「我沒有和糾察者分享的興趣。」孫淨元即使不高興，聲音都還是軟的。

「你既然都知道我是臥底了，爲什麼還留我在身邊？不是應該快點把我送去給孫家那些狐狸們審判嗎？」

孫淨元回頭看他一眼，那一眼似乎有很多說不清道不明的情緒，可是他一個字也沒有說，讓沉默取代了回答。

應該這麼做沒錯，這樣他們或許更容易面對彼此，就不會有那麼多糾結與猶豫，不會有那麼多痛楚和不得已。

沒多久之後，孫家召開家聚，爆炸幾乎殺死在場除了他們以外的所有人，衛凌靈再也沒見過昏迷的孫淨元。

三年後，因緣際會下，肆意活潑的白承安以倖存者身分出現，命運隱隱約約又把這條線串在了一起。

可是似乎又有些不對勁，有什麼被忽略的細節淹沒在一閃而過的疑惑裡，在無人知道的角落，逐漸長成一根銳利的刺。

刺穿事實的同時，夢境碎了開來……

白承安不愧是年輕人，醒的速度居然跟衛凌靈差不多，只是驚醒的動作太大，阿進正趴在床邊睡著，被他嚇得不輕，「媽的，嚇我一跳！你醒就醒，幹麼像僵屍一樣彈起來？」

「你的膽子眞的讓我嘆爲觀止。」正好進門的沈湘冷冷說了一句，把隨手帶來的食盒放到床頭桌上，「不過你這次總算發揮一點用處，如果局長當時沒有派援兵來，傷亡肯定更慘重。」

「廢話，我好歹也是身經百戰的糾察者！」

白承安還有些茫然，腰部和胸口的傷口扯動著，疼得他擰眉，「我昏迷多久了？後來……發生什麼事了？」

阿進挪了個位子給沈湘，後者毫不客氣坐下，「現在已經是整整一天後了。當時那個女人原本要殺死你，衛凌靈不知道和她說了什麼，她突然停手，下令所有人撤退。」

「說了什麼？」

「誰知道，衛凌靈不肯說。」阿進從食盒裡盛了一碗香氣四溢的雞湯，偷喝了一口，「我們原本都以爲這次要完了，我差點都要把遺書發出去，沒想到他們就這樣撤退，快得我們都來不及反應。」

白承安搗著太陽穴，沈湘見狀難得關心一句，「怎麼，傷口在痛嗎？」

他搖搖頭，有什麼碎片般的畫面與對話在生死一懸的時候被攪動浮出，此刻卻又漸漸沉澱回去。

衛凌靈和那個叫風音的女人說了什麼，足以終止他們瘋狂的攻擊？

「衛凌靈也還在醫院嗎？哪間病房？」

「三零二號，他這次有點過度使用共感核，醫生讓他住院觀察一下……喂，你還不能下床！」

沈湘一把攔住白承安，但對方嘻皮笑臉，滿不在乎地豎起食指，「拜託幫我瞞住護理師，就說我是去洗手間！」

看著他即使行走緩慢，還是堅持跑去找衛凌靈的倔強樣子，沈湘嘆了口氣，「簡直跟以前的衛凌靈一模一樣。」

白承安沒聽到他的評語，一跛一拐到了三零二號病房，看見衛凌靈靠在床上，望向螢幕的表情十分凝重，顯然不是在玩遊戲。聽到腳步聲，他抬起頭，「怎麼來了？」

白承安沒有寒暄，單刀直入，「你和那個女人說了什麼？」

衛凌靈眸光一閃，「不重要，只是隨便編出來騙她的話。」

這個回答並沒有說服白承安，他凝視著衛凌靈稜角分明的臉，莫名的熟悉感和不安交織在一起，心跳陣陣加速，「沈湘說得沒錯，你一直想把所有人都從你身邊推開，為什麼？」

衛凌靈面不改色，安靜地與他對峙，半晌，才緩緩道：「你現在要擔心的應該是你的考核測試，經過這次事件，上層認為你通過考核後，有機會取消共感者的監護機制，甚至可以在監督下繼續協助糾察者，也不需要我一直跟在你身邊了。」

「然後呢？」白承安冷笑，完全不遮掩不悅，「你就要離開了嗎？」

衛凌靈淡淡一笑，「或許可能等不到那時候了。你剛醒來，還來不及看新聞對吧？」

白承安愣了下，猛然大步過去，一把拎起衛凌靈的手腕，放大虛空裡的投影。

一條條新聞標題都十分聳動——

爆炸案眞兇：官員殺人！

糾察者局長：草菅人命的惡魔。

孫家爆炸案：衛凌靈原來背後還有人！

「我和沈湘打過招呼了。」衛凌靈沉著嗓子，「從現在開始，你們都不要再和我有太多聯繫，如果一定要有人蹚這渾水，反正我已經是這種名聲，多一個嫌疑無所謂，但你們不一樣。」

聞言，白承安僵立在原地。

衛凌靈輕輕拍拍他肩頭，微微啞聲，「你要保護好自己，總有一天我會告訴你眞相，在那之前，你必須先好好活下去。」

「你在說什麼電視劇台詞？」白承安氣笑了，「我好好活下去，那你呢？把我遠遠推開後，獨自承擔所有責任嗎？」

衛凌靈瞳孔深處的微光閃爍著，落進白承安冷卻下來的雙眼裡，終於慢慢軟化，微笑道：「我只是擔心會少一個珍貴的房客，畢竟很難再有一個半路出現的兒子願意租我的房子。」

然而白承安根本不吃這一套，「衛凌靈，別把我當小孩，我要站在你身邊，而不是你身後。」

衛凌靈沉默良久後，終於伸出手，揉了揉少年蓬鬆的髮，「知道了，下次換你來保護我。」

同一時間，媒體彷彿嗅到腥味的鯊魚，全部像瘋了一樣，把糾察者大樓裡三層外三層圍起來。

因爲局長請假，代理職務的副局長忙了整天，臉上表情十分沉重，心裡卻樂得簡直要飄起來，傳了訊息告訴妻子今天會加班晚歸。

他不知道，此刻林心的手機正握在另一人手裡。

「眞是甜蜜的訊息，副局長眞的很愛妳呢。」風音一手誇張地按著胸口做捧心狀，轉向被蒙住雙眼、渾身發抖的林心，「林教授，別這麼緊張，副局長這麼深情，我們也不好意思對妳做什麼。」

林心被帶到一幢大樓，感受到電梯在上升，到了指定樓層後，風音才把她推出去，解開臉上的布條。

沒有開燈的客廳裡有道修長的剪影，面對著窗外。

林心竭力壓下即將失控的恐懼，「你是誰？」

側過頭的青年五官線條優美，對她微微點頭，「眞是不好意思用這種方式見面，接下來的時間，要麻煩林女士搬個家，在這裡住下了。」

他最近在媒體前大量曝光，不少人都對他的臉有印象，林心也認出了他的身分，腦中飛快把前因後果連結在一起，幾乎不敢相信，「是你和我丈夫聯手，把局長逼下台的？」

孫澈元五官端正，笑起來應該是好看的，可是因為窗外光影錯落，反而把那張臉割裂成詭異的黑白面具，「妳很聰明，怎麼會嫁給這樣的人呢？」

「所以……我現在是下一個你威脅他的籌碼了。」林心幾乎站不住腳，「我看過新聞，報導說衛凌靈和局長密謀了三年前的爆炸案，又因為你和衛凌靈有過交情，他黑白兩邊通吃，提前告訴了你消息……但其實三年前告訴你會有爆炸發生的，是我丈夫吧？」

「是的，說起來也算救命之恩呢。」孫澈元側了下頭，「我也不算完全說謊，林教授，到現在你丈夫還是堅持那一次不是他下的手。如果不是他，爆炸案的兇手就只會是局長。」

「他沒有理由那樣做！新聞說他是因為和你們談不攏行賄價格，又記恨分不到共感產品的利益才行凶。這理由簡直荒謬至極，是你們故意往他身上潑髒水！」

孫澈元彎下腰，給自己倒了杯紅酒，他的手指修長，倒酒的姿態很穩，「是，我也不相信這個原因。不過，如果他害死我全家，差點殺了我最心愛的弟弟，只是為了他所謂應該剷除共感犯罪的正義，不是更可笑嗎？」

林心啞口無聲，看他慢條斯理喝下那杯酒，從容如同處於普通的下午茶時間。

「我現在做的事情他會稱之爲『犯罪』，但等到世界的腳步跟上我，知道我現在做的事情有多了不起、多能改變世界之後，他就會明白了。

「科技來自於人性，共感科技會成爲人類最偉大的發明之一。有了它，人類眞的可以建造屬於我們的巴別塔，其他小小的副作用，相較之下不值一提。

「林心教授，妳是共感的專家，妳難道不同意我的想法嗎？」

林心望著他，如果換作其他人說這段話，她或許會覺得對方瘋了，可是孫澈元眸光專注平靜，闡述的口吻理智自信。他是眞的深信不疑，且正爲他認爲值得的事情而戰。

「共感的歷史如此悠久，分享和溝通是我們刻在基因裡的生物本能。」良久，林心緩緩開口，「幾十年前，手機的出現讓我們可以跨越空間限制溝通，然而我們並未滿足，我們開始要求跨越所有介質，直接感受另一人的五感。相對共感的產品做到了這件事情，我們可以無害地感受到另一人的所見所聞，不過從這時候開始，共感就開始變質了。」

風音悄然走到她身後，和孫澈元一起傾聽。

林心漸漸止住顫抖，口吻穩定有力，「沒有人知道最一開始的絕對共感基因是如何出現的，大家普遍同意那是一種突變，長期濫用該能力的共感者，身體會受到無法挽回的傷害。此外，非自願入侵的絕對共感突破了人類最後的心靈壁壘，人最重要的獨立意識受到前所未有的挑戰。」

孫澈元已經喝完杯中的酒，正淡淡俯瞰她，沒有打斷，也沒有注意到風音變了的臉色。

「科技始於人性，可人性眞的該毫無限制地發展嗎？」林心往前走了一步，神情懇切，「你眞的認爲，沒有底線、沒有隱私的世界，是你想要看到的？」

孫澈元把酒杯放下，優雅地擦拭嘴唇，一絲紅痕淌過唇邊，宛如饜足的血族。

「如果動物都可以遵循本能往前演進，爲什麼人類不行？我們天生就想要和其他人創造關聯，天生就喜歡知道另一個人的人生，天生就想要試圖掌握另一個個體。現在的共感者之所以這麼被人害怕，不過是因爲基因改造還沒有達到最完美的程度，他們身上還殘留著那些變異基因的副作用，殘忍、不懂得同理。但是——」

他轉頭，輕輕勾起風音的下巴，視線上下打量，「有我精心培養的共感者實驗品們，這些缺陷遲早也會被改善。」

「你把這些人變成你的武器，不怕哪一天被反咬一口？」

孫澈元放開手，「這些人都是我從孤兒院或刑場上撿回來的人，假如沒有我，他們的人生不會有延續的機會，他們應該感謝我。」

林心嘴唇顫抖著，「原來是你……是你改造了那些人。」

孫澈元似笑非笑，沒有立刻回答，看著林心眼裡充滿不敢置信的洶湧情緒。

「原本有天生共感基因的人很少，這樣的案例還可以在自然演進的過程中慢慢增加或淘汰，可是你大量用實驗室改造出來的共感者，已經超出自然規律的範疇了。你控制不住他們，各種案件就會層出不窮，像現在一樣……你還沒有意識到他們已經開始逐漸失控了嗎？」

「科技的突破總是存在一些風險。」孫澈元淡淡地回應：「何況，因爲基因序列不夠穩定，這些共感者的壽命很有限，在實驗過程中他們會自然地汰換，不需要擔心。」

風音在他身旁慢慢握緊拳頭。原來是這樣，原來他眞的把他們當成隨手可棄的工具，拿他們做實驗，拿他們測試共感極限，拿他們盜取五感製作成產品，拿他們給糾察者當局做出漂亮業績，唯獨沒有把他們當成獨立的人看待。

她冷眼旁觀這麼久，忽然懂了孫澈元和孫淨元的區別。

他們之間的差別不在於是不是天生的共感者，而在於孫淨元把他們當作平等的人，孫澈元卻高高在上，從不覺得他的手下與他本質上都一樣有血有肉，一樣渴望正常的生活。

「我的名字會被寫在日後的教科書上，所有人都會知道是我把共感帶到新的境界。」孫澈元微笑地走向門口，「林教授，當所有人都購買我的商品時，妳就會明白，對錯根本已經不重要，人就是這樣的生物啊。」

風音跟著他轉身，和林心擦肩而過，她驟然一顫。

門關上後，大樓外的玻璃迅速變回不透明的狀態，讓她看不清外面的景色，無從辨別自己究竟在哪裡。

一片寂靜中，林心緩緩攤開手掌。

剛剛風音倉促間塞進她手裡的，是一枚小小的金屬儀器，紅光一閃一閃——是個微形定位器。

局長辦公室裡，夜深時分，還有人正在來回走動。

衛凌靈靠在門邊，不解局長在這種時候還有心情泡花草茶。

此刻，整間辦公室裡堆滿打包的紙箱，小小的搬運機器人正在辛勤工作，把紙箱一個個裝滿封箱。

「要不要來一點？」

衛凌靈禮貌地點頭，「好。」

局長對他意味深長一笑，笑得他有些毛骨悚然。

「怎麼了？」他忍不住發問。

對方沒有回答，只是細心地把玫瑰花茶注入茶杯，遞給他。

進來辦公室看到這樣的場景時，衛凌靈就知道勸不了了，局長已經鐵了心要退休，「目前孫家還沒有拿出證據，您現在離開，不就等同坐實了指控？」

「從第一線的糾察者到後來的指揮官，再到現在的管理職，我在這個位子上太長、太久了。」局長輕聲說，環顧辦公室，「現在退場，是我能想到保護你們這些年輕人最好的方式。何況，洗清冤屈的責任不是在你身上嗎？」

衛淩靈很輕地笑了下。

局長仔細審視著他，「我當糾察者這麼多年，學到最多的就是只要是人就會有破綻，行動、語言、微表情，所有破綻都有跡可循，這就是我們能夠找出共感者的方法。三年前我送你去孫淨元身邊，原本也是希望找出我一直懷疑的內鬼是誰。」

聞言，衛淩靈握著茶杯的手微微一動。

「當時我只猜得到糾察者裡面有背叛者，但完全沒有頭緒是誰，甚至在孫淨元找上我時、提議要聯合我們摧毀孫家時，我都不知道這會不會是一個反間計。所以我利用了這一點，我分別告訴你和孫淨元，我要找出內鬼是誰。」

熱氣舒展地從杯沿升騰，衛淩靈忽然覺得渾身冰涼。

當年被保護得最好的孫家老么，在沒有任何人會提防他的情況下，成爲扳倒孫家的關鍵棋子。

「所以……我們兩個都知道彼此是臥底？」

「對，這就是最有趣的地方。」局長瞇起眼，眼神狡黠得像頭狐狸，「你們兩個最終變成了朋友，卻一個字也沒向我提過對方的破綻。如果你們兩個有人是有問題的，或者兩個都有問題，一定會想辦法提供我情報、取信於我。」

「所以您知道了，有問題的不是我和他。」即使喝了花草茶，他依然覺得口乾舌燥，「是最後在爆炸裡活下來的孫澈元。」

「現在答案很明顯了，那麼你也知道你接下來該做的事情了？」

「我明白了，我會用盡全力找出他們的破綻。」衛凌靈轉身朝門口走去。

局長突然開口：「你知道你哪裡露出破綻了嗎？」

衛凌靈的腳步倏然停止。

在他身後，局長站了起來，一步步走近，「衛凌靈不會乖乖坐在這裡聽我把話說完，不會安靜沉思，不會露出一點猶豫的神色。衛凌靈是一把刀，他從來不會因爲敵人是誰，忘記自己是武器。」

冷汗不動聲色濕透了衣服，他的手忍不住悄悄摸向隨身的配槍。

「最重要的是，衛凌靈從不喝我的花草茶，他非常討厭那味道，討厭到一喝就會想吐的程度。」

衛凌靈驟然轉身，卻對上局長微帶促狹的笑意。

在糾察者執業的一生裡，他見過太多悲劇收尾的例子，以至於漸漸不再相信希望，可是眼前的年輕人還能站在他面前，或許本身就是一個奇蹟。

在億萬可能裡，這些年輕人或許賭對了一條路。

「我收回我之前說不相信人性的話。人性雖然善變，但也因爲這樣才會有奇蹟出現。」局長伸手拍一拍衛凌靈的肩膀，「希望你不要忘記你的初心，祝你好運。」

在衛凌靈茫然而震驚的眼神裡，局長最後用口型無聲地叫出了他的名字。

衛凌靈回到家時，雖然已是半夜，然而作息十分不正常的白承安還醒著，饒有興致地在廚房忙碌。

甜甜的奶香竄入鼻腔，他探頭一看，鍋中漂浮著晶瑩剔透的西谷米，椰奶的濃郁氣息像隻大手用力捋過他的背脊，輕而易舉撫平他緬緊一天的神經。

白承安舀了一勺給他，笑容依然灑脫，「房租交不了這麼多，只好用這個彌補囉。」

衛凌靈就著勺子喝下那口甜品，甜蜜氣息沾上舌尖瞬間，記憶不受控制回溯到那個十指不沾陽春水的少年上。

孫淨元雖然身爲共感者，活得艱辛，不過生在孫家還是意味著他從小嬌生慣養，別說是廚藝，連基本的家事都很不熟練。

衛凌靈就很不一樣。他雙親早逝，從很久以前就需要自力更生，家務絲毫難不倒他，至少有資格嘲笑孫淨元對家事的一竅不通。

因爲孫淨元愛甜食，從前他在孫家當保鏢時偶爾會做些點心給孫淨元吃，西米露就是其中一道拿手絕活。

他已經非常久沒有嘗到這個味道了。

白承安看衛凌靈滿足地瞇起眼，厚顏無恥道：「怎麼樣，可以抵半個月房租了吧？」

「想得美。」

白承安笑著轉身收拾殘餘的食材，衛凌靈看著他的背影，眼神一點點柔軟下去。

像這樣不需要擔心明天，可以單純相處的時間，還能有多久呢？從以前到現在，他們兩人之間似乎總是太少時間。

「衛凌靈。」自從那天病房裡的對峙後，白承安叫他的方式越來越隨性。

他抬眼，少年不知何時已經停下動作，正在看著他，目光專注。

心臟漏了一拍，他沒好氣地回道：「沒大沒小，幹麼？」

「不要露出那種愁眉苦臉的表情。」白承安一臉眞摯，「不然看起來越來越像大叔了。」

衛凌靈現在只想掐死他。

⁂

不只衛凌靈愁眉苦臉，副局長升調局長的那天，糾察者們普遍心情都不是太好。

阿進碎念了整個早晨，「難道民眾相信這麼瘋狂的陰謀論嗎？要我聽那個笨蛋副局長的命令，我寧可辭職！」

沈湘難得沒有反駁他，臉色竟還比平時陰沉幾分，「他現在是局長了，你說話小心點。」

辭職的前任局長對外保持沉默，只說會配合接受調查，一個字也沒提到衛凌靈，硬是在狂風暴雨般的輿論裡，暫時保住了衛凌靈的職位。

但是當初轟動全國的爆炸案裡，孫淨元的保鑣原來是糾察者的這件事情，依然引起不少揣測。

在阿進和沈湘交談時，一旁的衛凌靈愣愣地想著自己的事情，傷勢初癒回歸隊上的白承安打了個響指，「發什麼呆？後來那個小藝人的事情查清楚了嗎？」

阿進和沈湘都停下手邊的事情，走來一起聽。

衛凌靈打開通訊器，把存在共感核裡的任務紀錄傳上去，「你們自己看看吧。」

三人互看一眼，同時點進連結。

四周隨著共感記憶的展開，詭異地靜了下來。

他們的視角轉成一個略嬌小的女子，看上去像是行走在一條路燈黯淡的窄巷裡，背後有不緊不慢的腳步聲，聽得人頭皮發麻。他們回過頭，看見身後是一個綁著馬尾的漂亮女人友善地對她一笑，像是抱歉嚇到她。

原視角裡的女子顯然鬆了口氣，但以記憶型態旁觀的幾人已經繃緊了神經，他們認出這個女人正是差點殺死白承安的人——風音。

「這麼晚回家，會害怕吧？我也是同路，我們一起走吧。」

「謝謝妳！」

兩個女生一起走到了巷子盡頭，視角的主人轉頭正想道謝，卻看到眼前的女人抿唇一笑，朝她伸出手。

後面的記憶像浸了水的照片，幾秒間便模糊失焦，刺耳的噪音幾乎鑽進他們的太陽穴，幾個人腦殼一疼，連忙退出記憶。

「接下來的事情她再也想不起來，因爲那段時間共感者入侵了她的意識。幸運的是，爲了讓偷取五感的事情不要鬧得太大，共感者採取了相對溫和的方法，沒有破壞這些人的大腦神經。」衛凌靈順手把暈眩到摔倒在地的阿進扶起來，「這個女孩子後來偶然看到了自己的五感被當成商品販售，在網上發文引來嘲笑的同時，也有幾個一樣的受害者回應了她。只是這些投訴，除了我特地備份的以外，全部都被刪除了。」

「有人不想要我們查。」白承安若有所思地接口，「我不懂，孫澈元眞的可以這樣隻手遮天嗎？」

「孫家的商業帝國遠比你想得複雜，牽一髮動全身，何況公權力過度介入企業，最容易被人詬病。」沈湘輕敲了下他額頭，「現在上位的是那個廢物副局長，打壓力道肯定會更大，我們不能指望他。」

阿進在一邊接著說：「最關鍵的是找不到證據。該要怎麼證明什麼是自己做的，什麼是被控制下做的？孫澈元只要一口咬定這些人沒有證據，只是在刻意抹黑，我們一點著力點也沒有。」

衛淩靈關上螢幕，「我會再想辦法。」

「什麼辦法？」沈湘心底警鈴大響，每次聽到前搭檔說要想辦法都讓他頭疼，他們這群糾察者，說到底也是問題一堆。

「你不是說上一次是最後一次幫我嗎？那就別問這麼多了吧。」

沈湘額角氣出了青筋，阿進連忙轉移話題，「在這之前，衛淩靈你應該先擔心白承安吧。明天就是考核日，你們準備好了嗎？」

在前任局長的破例允許下，這場考核不僅會測試白承安有沒有能力以共感者身分協助糾察者，也會檢驗他是否可以控制本能，放寬共感監護的限制。

白承安咧嘴一笑，「你以前不是很怕我嗎？現在這麼支持我？」

阿進撇嘴，「你雖然是共感者，可是比沈湘好相處多了。」

無視沈湘想要殺人般的視線，阿進和白承安同時縱聲大笑，衛淩靈無奈地看他們一眼，「沒什麼可以準備的，如果副局長……現在要叫他局長了，如果他不希望白承安通過，我們的麻煩就多了。」

幾人對視，很有默契地都選擇了沉默。

衛淩靈看一眼時間，轉向白承安，「已經下班了，我記得你上次說過要和我比共感能力，還要再來玩玩看嗎？」

白承安一臉茫然，顯然已經忘記當時匆匆提出的邀約。

衛凌靈領他一路走到訓練室，來到對決的機台旁，挽起袖子，淡淡勾了下唇，「當作考核前給你的最後特訓。」

那是白承安對衛凌靈提出比賽爭奪共感控制權的遊戲，當時衛凌靈拒絕了他。

白承安慢慢咧開微笑，「這次要賭什麼？」

衛凌靈戴上裝置，「你不是一直很想知道我沒有告訴大家的眞相嗎？你贏了，我就告訴你。」

白承安的笑容微微冷了下來，「衛凌靈，你眞的當作我什麼都想不到？我只是失憶而已，並沒有失去判斷力。」

衛凌靈的聲音從裝置底下傳來，無波無瀾，「身為一個好的糾察者，無論什麼情況下都需要冷靜控制自己的意識。現在，你試試看做得到嗎？」

白承安冷著臉一把抓起裝置戴上，兩人的意識同時沉入了彷彿不見底的深海。

幾秒後，衛凌靈的手腕亮起光芒。

白承安努力集中心神，卻還是忍不住隨衛凌靈剛才的話墜入思緒。遇見衛凌靈之後，一連串的事件背後似乎都隱隱有著共同的脈絡，圍繞在孫淨元和衛凌靈之間。

哪怕孫淨元已經躺了三年，且醒來的機會渺茫……

煩躁情緒縈繞不去時，原應專注的心神悄然漏了絲縫隙，白承安躁進地在衛凌靈的意識裡尋找破綻，卻忘了顧好自己的防禦。

「不是說了要專心嗎？」

衛凌靈收起情緒的嗓音驟然透過耳機響起，清晰得如同附耳細語。

猝不及防下，衛凌靈的意識毫無猶豫地輾壓過去，率先奪走白承安的視覺。

視覺是一般人獲取環境訊息時最依賴的感官，也是建構想像的重要來源，奪走一個人的視力，幾乎等同於剝奪他與外界的連結。

冷汗沿著白承安額際緩緩淌落，他收攏渙散的注意力，在虛擬的空間裡勉強扛住第二波攻擊，頭疼得宛如十根鋼釘同時釘入太陽穴。

「共感者的危險與生俱來，這群人天生就懂得掠奪。」衛凌靈很輕地說，逐漸加重了侵略的力道，儘管位於安全的虛擬環境，白承安依然逐漸喘不過氣，「但與他們的戰鬥不是比賽誰最能一心多用地進攻，而是比誰最能專注防守。先讓自己不被影響，守住感官，在對方露出破綻的那一刻，你就是贏家。」

他無視白承安的阻攔，直抵意識深處的核心。

清醒地感受自己逐漸失去五感，是一件非常恐怖的事情。白承安看不到，摸不著，聽不到任何聲響，全身上下只剩下微薄的意識，如同星河裡不起眼的塵埃，靜靜飄盪。

除了體內深處劇烈的心跳，他甚至感覺不出來自己是否還活著……

機器發出隆隆的警告聲，勝負已分。

白承安眼前一黑，單膝跪了下來，緩了片刻，感覺到有人輕柔地為他脫下了裝置。

單論共感能力衛凌靈並沒有比他強，剛剛是利用了他容易分心的弱點，才會搶佔先機，壓倒性獲勝。

一連串的疑問紛湧而至，爲什麼他們不過是短暫的房東、房客之緣，進入糾察者隊伍後衛凌靈依舊如此護他？又爲什麼會這麼了解他的弱點呢？

「……你到底是誰？」

白承安想站起身，但是衛凌靈仗著體型優勢，緊緊扣著他肩膀，俯下身，直直望進他的眼底。

白承安看著那張臉，猛然一震。

方才被翻攪得一蹋糊塗的記憶緩緩串接，無數光影零落，漸漸織成一張大網，網隙裡浮出一道人影。

他想起來了，曾經也有一個人，用這樣柔軟乾淨的眼神看向他。

爲什麼是他？爲什麼是這種表情？

「輸了的人不能問問題。」衛凌靈低聲道：「你不用管我是誰，你只要記得，我永遠站在你這邊。」

第七章　爲他打破的戒律

隔天早上就是考核日，不只衛凌靈，連沈湘和阿進都起了個大早，在上班前繞來現場爲白承安加油。

少年難得規矩地扣好制服，單手插在口袋裡，另隻空著的手對他們揮了揮，仍是一派自由自在的樣子。

糾察者的考核是實戰測驗，需要受測者單獨執行，一共三位考官會僞裝成共感者散落都市各處，等著白承安去抓捕。

趁著考核開始前短短的間隙，衛凌靈快速叮囑：「記得遇到臨時狀況冷靜點，記得糾察者的戒律，不要做沒有把握的事情。」

白承安搔搔耳朵，「你昨天就說過一模一樣的話了，衛大教授。」

衛凌靈原本還想多嘮叨幾句，看白承安一臉調皮，無奈地草草抓亂他的瀏海，「那就祝你好運了。」

然而，他忘了自己的運氣向來不是很好，就連祝福也可能倒楣地變成烏鴉嘴。

接到沈湘傳來白承安失聯的訊息時，已經是下班時分。衛凌靈從桌前抬頭，望著沈湘難得氣急敗壞的臉，大腦遲緩地消化完訊息後，心臟猛烈震顫起來，「你說什麼？什麼時候？」

「中午，他很快找到前兩位考官，但到最後一位考官時出事了。」沈湘嘆氣，難掩眉間的煩躁，「爲了掌握考生動態，總部要求他定時回報狀況，可從中午開始就再也沒有收到訊息。他們發現不對勁趕過去時，早就找不到人了。」

衛凌靈站起的動作快得差點撞翻桌邊的文件堆，沈湘一把按住他，「等等，現在還不確定他是眞的失聯還是其他原因，你即使過去也不能做什麼！」

衛凌靈回頭，有那麼一瞬間眼神很冷，透著沈湘沒看過的銳利，「我不是以糾察者身分去的，是以他的監護者身分。」

受監視的共感者失聯，如果不能證明是眞的遇到危險，可能會被上級判斷無故失聯、有叛逃嫌疑，他們之前的努力就會前功盡棄。

「說不定他只是遇到緊急狀況，需要暫時關掉通訊和定位——」

「我不能賭，你比我清楚，被判定叛逃的共感者會遭遇什麼。」

在糾察者的眼裡，那是需要立即抹煞的存在，他絕不能讓白承安落入這種險境。

沈湘猶豫了幾秒，衛凌靈率先撥開他的手，快速走出大樓。

黑暗中車流湧動，面對茫茫的都市人潮，衛凌靈一瞬間有些茫然，在通訊斷聯的狀況下，他該怎麼找到白承安？

偏偏此時局長在糾察者們的群組發了訊息，衛凌靈邊走邊點開，瞳孔瞬間緊縮。

「午夜前白承安依然失聯的話，將會判定他無故叛逃、違反共感監護規定，糾察者若發現其蹤跡，可當場格殺。」

衛凌靈咬緊牙，「一零七號。」

腕上共感核碧綠的眼睛慢慢閃爍甦醒，「我大概可以用機率猜出您想做什麼，不過還是想讓您知道，這個做法耗能極高，我不建議您——」

衛凌靈握緊拳頭，「打開偵測功能，把我的意識疊加在你的偵測系統上加大範圍，覆蓋半徑兩百公尺，最大可能地搜尋白承安的腦波信號。之前在糾察者新人到職時，資料庫曾經記錄過這項數據。」

共感核修養非常好，從善如流，「好吧，我同樣預測到您不會聽我的建議。提醒您，這項功能是在空曠地區尋人所用，如果用在人多、腦波信號密集的地方，有九成機率您會在找到他之前先耗盡自己的精神能量。」

衛凌靈的舌尖磨了下嘴唇內側，品出一絲血氣，「那就代表還有一成機率我能先找到他。」

「我讚賞您對夥伴的不離不棄。」

共感核彬彬有禮回應的同時，運算功能已經在毫秒間找出白承安的腦波訊號圖，準備開始搜尋。低沉的轟鳴像遠古甦醒的凶獸，隨著共感核疊加一部分衛凌靈的意識，尖銳的脹痛刺入他太陽穴。

以衛凌靈爲圓心，無形的波紋在空氣裡層層擴散開，像一朵逐漸舒展的水母。

兩百公尺以糾察者過往的紀錄來說已經是極限，然而與偌大的都市相比，仍是渺小至極。

衛凌靈打開地圖，朝白承安最後一次被定位蹤跡的地方前進。

此時，時間來到晚上八點。

白承安最後斷聯的地方是再普通不過的街區一角，衛凌靈環顧四周，穿著輕便的路人顯然都是當地住戶。附近荒廢的店家門口，鐵捲門上橫亙漆黑塗鴉，死氣沉沉，只有一家賣文具雜貨的小店還開著。

街道盡頭是死路，路面上有下水道的施工工程，警示的三角錐頂閃著有氣無力的紅光，倒映在衛凌靈深思的瞳孔裡。

通訊器響起，沈湘冷靜的嗓音傳出來，「局長命令糾察者待命，你如果執意違抗命令獨自尋找白承安，他不會提供任何後勤支援。」

衛凌靈沿著路面搜尋蛛絲馬跡，冷漠地回應：「我沒有指望過他。」

沈湘頓了下，繼續說話時語氣微微惱怒，「那你有想過你的隊友嗎？」

阿進的聲音插了進來，「沈湘那個傲嬌的意思是他想要幫你，你就乖乖讓他幫吧。」

「你說誰傲嬌！」

「……謝了。」衛凌靈輕輕啓唇，沈湘願意幫忙，不只是看在昔年搭檔的交情上，也代表他對白承安的評價終於從一開始的負值，慢慢累積出認同。

「我只是不想在人力吃緊的情況下又損失你和白承安兩個勉強能用的人。」沈湘冷哼，「我和阿進會待在總部支援你的後勤，目前現場有找到什麼嗎？」

衛凌靈垂眸，本來想說沒有發現，卻忽然停下腳步。

夜晚路燈昏暗，柏油路上細碎的液體乾涸痕跡差點被忽視，仔細去看仍能分辨出那分明是褪色的血跡。

血滴零零散散，看不出蜿蜒的蹤跡，無從得知傷者移動的起頭與終點。

衛凌靈還沒開口問，阿進已經敏銳地提示：「我檢查過這一帶的監視器，都是壞的，只能確定白承安最後定位點確實在這裡沒錯。那個文具店老闆是這邊唯一開業的店面，從他的角度可以看見巷子裡的所有事情，建議可以問問他今天有沒有發現異常。」

文具店老闆一看到衛凌靈走來，視線在糾察者的制服上掃了一圈，馬上從櫃檯起身想往裡面走，衛凌靈連忙叫住他，「不好意思，我是來查案的糾察者，請問這條巷子中午時有發生什麼爭執或打架的情形嗎？我的隊友在這邊失蹤了，很可能遇到了危險。」

老闆連連否認，「什麼事情都沒有，我們這邊一向很安靜！我這間店只是小本生意，拜託糾察者先生不要在這裡晃，客人會不敢進來。」

即使他不在，這裡也根本沒有客人，衛淩靈忍住心中的反駁，見老闆堅定的模樣，只好走出店面，在店外來回踱步思考下一步。

忽然，他的腳步微微滑了一下。

衛淩靈低頭，視線停留在路面上，旁邊有幾盆擺放整齊的盆栽，但他腳下有大量的泥土散落在地面，也是害他剛剛腳滑的元兇。

那幾株盆栽的土面都覆著微塵，並不是新換過土的樣子，更大的可能是有盆栽在這邊打破過，在路面上撒了大量的土，還沒有被收拾乾淨。

這麼巧嗎？

衛淩靈瞇起眼，反身走回店面，在老闆警覺抬頭的同時，指尖輕輕搭上他的手腕，共感核發出光芒，「你確定，你沒有說謊？」

用共感核窺看一般人的隱私絕對是被禁止的，衛淩靈暫時關掉了通訊器，在咫尺之間看見老闆睜圓了眼睛，渾身不由自主顫抖起來。

海浪般的力量洶湧捲入腦海，衛淩靈在無數紛飛重疊的光影裡挑挑揀揀，像凝視著無數監視器的螢幕，最終定格在一個店門前的場景。

白承安和好幾個陌生人影扭打在一起，踢破了門前的盆栽，同時跌落在地持續纏鬥。

銀亮的匕首從其中一個陌生人手中閃出，在那一刻，白承安的動作忽然詭異地定格了一瞬——是被共感入侵的跡象。

衛凌靈不自覺屏住呼吸，看著刀光在白承安抵抗共感的時候沒入他的腰側。儘管他的意識在最後一刻掙脫出來，險險避開了要害，抽出的刀子還是帶出一片血霧，血點墜散在路面。

剩下的畫面因爲老闆害怕得躲入店家後方，沒有辦法再知曉。

共感的力量緩緩消退，衛凌靈腦中一片空白，即使共感已經結束，腦海依然重播著白承安倒地的畫面。

從中午到晚上，失聯的他還有多少可能活著？

老闆扶著櫃檯，喘得上氣不接下氣，「我、我要控告你們糾察者執法過當！居然對無辜的民眾做這種事情！」

青年背光的面容俯視著他，聲音冰冷無波，格外駭人，「你對糾察者說謊，如果因此延誤救人的時間，害死了我的隊友，我也會讓你付出代價。」

衛凌靈轉身離開，無視身後癱倒在地的老闆。

現在確定這裡曾經發生過一場戰鬥，那麼白承安到底去了哪裡？怎樣的情境下他會擅自關掉通訊器和定位？

或許他是被俘虜，通訊器被抓住他的共感者關閉……但這並不符合共感者一貫的犯罪風格，他們沒有留活口的必要，往往會選擇直接殺掉糾察者。

……也有可能，他到了一個根本收不到訊號的地方，衛凌靈望著巷口的施工告示——地下水道。

他原本根本沒注意到，而是逕自沉浸在思緒裡，直到這個可能性闖入腦海，才真正意識到那是下水道的入口。

衛凌靈重新打開通訊器，「沈湘，我想進去下水道看看。」

「等等，下水道狀況不明，現在你下去出什麼事怎麼辦？」

阿進也跟著阻攔，「記得糾察者戒律三，我們不做沒有把握的事情。」

衛凌靈繞過警示牌，看見打開的孔蓋，往下的階梯上沾了一滴鮮紅，更加堅定了白承安是從這邊逃離的猜測。

「早在我決定來找他時，就已經違反這項戒律了。」

孔道下黑得伸手不見五指，衛凌靈一階階往下爬，隨著逼近地下，沈湘那端的訊號逐漸不穩，然而他咬牙說出的話依然清晰無比，「你要我眼睜睜看你再死一次嗎？」

階梯底部，衛凌靈深深吸了口氣，惡臭如刃刺進鼻腔，潮濕與黑暗從四面八方湧上，包裹住他每寸毛細孔。

深深的恐懼叫囂著，只不過恐懼的不是黑暗，是未知，是害怕重視的人再也無法回到身邊。

他不想讓沈湘失望難過，但如果必須二選一，他需要保住的，永遠都會是白承安。

「假如我回不來，不要來看我，記得衛凌靈最好看的樣子就好。」衛凌靈垂下眼睛，手指輕輕一撥開關，關閉了通訊器。

時間來到晚上九點。

一人高的巨大孔道分成四道方向無限延伸，光線實在太暗，衛凌靈只能開著共感核內建的手電筒功能，勉強從淤泥被踩踏的痕跡半推測半碰運氣，選定一個方向前進。

在無邊的黑暗裡，人會慢慢失去方向感與時間感。

他穿梭在腐臭的泥濘裡，幾乎快要窒息，昔年那場爆炸還是或多或少影響了這具本來素質優於多數人的身體。他的體力一點一滴耗盡，加上下水道惡劣的環境、氧氣量極低，幾乎已經到了寸步難行的程度。

衛凌靈終於不得不停下腳步。

「一零七號。」他已經沒了開口的力氣，在腦中對共感核下令，「把偵測範圍再擴大一倍。」

「這是很危險的行動，如果擴大搜尋，我和您的能量大約只能再維持最後半小時，您確定要賭這一把嗎？」

衛凌靈低著頭，劇烈的喘息彷彿要在胸口撕開一個大洞。

他還有別的選擇嗎？如果救不到白承安，他絕對無法原諒自己。

共感核接收到他的意志，盡忠職守地開始慢慢擴大偵測範圍。

四百公尺半徑已經超出一般人體的負荷。衛凌靈腦中似乎有什麼轟然炸開，眼前一片斑斕的光影，血液如同沸騰的岩漿寸寸竄燒，化作腥甜從喉中爭先恐後湧上，被他痛苦地吐出。

在他極力忍痛的同時，沉寂已久的偵測系統忽然閃出震耳欲聾的信號，代表白承安的腦波訊號進入了偵查範圍。

衛凌靈猛然抬頭，心跳轟然亂了節奏，撐著最後一點力氣往訊號出現的方向追去。

萬幸白承安顯然也處於休息狀態，移動得很緩慢。他很快靠近，在昏暗中辨認出一道身影，心驚膽跳地叫出了對方的名字，「白承安？」

那身影回過頭，原本是作戰的防備姿勢，幾秒後才認出他。

出乎意料地，沒有重逢的驚喜，白承安髒兮兮的臉在暗影裡浮出怒氣，一把拽住他的領口，「你是傻子嗎？你以為你有多強，自己一個人下來找我？」

難得見到總是嘻皮笑臉的少年發脾氣，衛凌靈愣愣地看著他，沒有立即反應。良久，白承安終於良心發現，口氣稍微溫和起來，「我不是怪你，但你這樣做太危險了——」

他的尾音猛然被悶進一個冰涼的懷抱裡，白承安瞬間睜大眼睛。

衛凌靈摟著他的手臂已經沒什麼力氣，微微地顫抖著，「……我以為來不及了。」以為又只能眼睜睜看著他消失在眼前，他卻束手無策；以為再也沒有機會告訴他，他對自己是多麼重要的存在。

共感核悄無聲息關閉了偵測，光芒也微微調暗，白承安慢慢放鬆下來，反手拍了拍衛凌靈後背。

在寂靜到不祥的黑暗裡，兩人的心跳重疊在一起。

他們還沒有從乍然遇見的激動裡回過神，通道深處便響起了好幾個錯落的腳步聲。

白承安輕輕推開衛凌靈，一把抓住他的手，「快走，共感者追上來了，他們有四個人，我們沒有勝算。」

「你的傷怎麼辦？」

「不礙事，沒傷到要害。」

衛凌靈依舊分神檢查了下傷口，幸好如他所說，只是皮肉傷，看著血淋淋得可怕，並沒有眞的傷到深處。

白承安緊緊拉著他一路小跑著穿過幾個分岔口，但通道裡的腳步聲還是越來越近，越來越壓迫。

白承安嘆口氣，壓低的聲音回到一貫的輕鬆，「怎麼辦啊，衛凌靈，本來可能只要犧牲我一個就好，這下子我們要一起在這邊殉情了。」

衛凌靈頓了下，「都這樣了你還有心情調戲我？」

白承安對他一笑，森白的齒張揚依舊，「不想和我一起殉情嗎？」

衛凌靈閉了閉眼，一個計畫迅速在心裡成型，爲了不讓身後的追兵聽見，他把聲音壓得更低，「白承安，你記不記得共感核裡面有一個功能，可以把意識封進潛意識保護，不受共感的入侵破壞，只有特定的密碼可以再把它喚醒。」

白承安眼睛一亮，馬上跟上他的思考，「我當誘餌讓他們分神入侵我，有危險時我把意識封印起來，你把握這個機會壓制住他們，安全了再把我的意識喚回來。」

「沒錯，不過我身手沒你好，我來當那個誘餌，密碼就用我的名字。」

白承安沉默了下，顯然並不贊同，然而半晌也沒想出更好的方法。

紛雜的腳步聲幾乎已經貼近他們身後，他再次纏緊草草包紮傷口的布條，轉頭對衛凌靈一笑，「剛剛的問題，你還沒回答我喔？」

衛凌靈在心中算好距離，共感核炫目的光芒毫不遮掩地在腕間綻放，照亮了他深邃的黑眸，「比起殉情，我更想和你一起活下去。」

沒有任何約定的信號，像是刻在骨子裡的默契，兩人同時止步。共感者張牙舞爪撲了上來，白承安搭著衛凌靈的肩膀借力，腰部一擰，蹬著管壁旋身，掃腿踢翻了後頭的一個共感者。

黑暗的管道裡視覺幾乎不起作用，一時之間怒吼和喘息聲交織在一起，混亂無比。

白承安和第二個人纏鬥在一起，緊裹著的布條逐漸鬆脫，稍微止血的傷口因大動作又撕開了。

衛凌靈心臟一沉，故意露了個破綻，沒有被白承安拖住的另外兩人撲了上來，試圖和他掙奪身體的控制權。

上鉤了。

衛凌靈裝作節節敗退，引著那窮追不捨的兩人，眼角瞥見白承安又一個俐落的手刀劈暈了與他纏鬥的第二個人。他慢慢減弱共感核的防禦力道，讓兩個共感者認爲他們眞的成功入侵了他的腦海。

被一點點占據身體主控權的感覺，像是夜半被鬼壓床的滋味，神智明明還是清醒的，身體卻一寸寸麻痺起來，不得動彈。

剛才被白承安踢倒的人又爬起來，從後方勒住了白承安的脖子。

衛凌靈渾身緊繃，一旦他將意識封起，沒有密碼喚醒的話，他會陷入長久的睡眠，再也不能動彈。也就是說，他啓動封印的時機點要抓得非常巧妙，需要在共感者還沒有對他的腦部造成傷害之前，卻又要在白承安可以獨自掌控戰局之後。

在共感核刺眼的光裡，他看見白承安反手抓住了共感者的上臂，奮力掙出一絲空隙，望向他的雙眸居然還俏皮地眨了一下。

他必須相信白承安。

共感核的力道慢慢減弱，但兩個入侵的共感者也已經露出疲態，衛凌靈故意跪倒在地，任由兩個人誤以爲自己在乘勝追擊。

白承安終於解決掉第一個共感者，接著在敵人身後，對衛凌靈做了個口型——相信我。

衛凌靈閉上眼睛，啓動了共感核的祕密功能。

意識宛如沉入深海，四肢百骸開始失去感知，他像是被關進一間玻璃屋，緩緩墜入平靜的海波裡，連思考的能力也逐漸喪失。

再次甦醒時衛凌靈已經在救護車上，眨了眨眼，意識還沒完全跟上現實的時間，驚恐間猛然掙動起來。

一隻布滿傷痕的手撥開想要壓制病人的醫療機器人，安慰地按住他的手，「沒事了，我們已經安全了。」

衛凌靈吃力地轉過頭，白承安朝他大大咧嘴，整張臉髒兮兮的，更顯得他唇紅齒白，「可惜，沒有殉情成功。」

兩隻重疊在一起的手如今都傷痕累累，白承安現在終於明白，衛凌靈手上的疤是怎麼來的了。

衛凌靈長吁了一口氣，放鬆下來，看小巧的醫療機器人忙著照料白承安腹部那道刀傷，俐落進行局部麻醉後，迅速縫合，速度快得似乎出現了殘影。

「別一直看我的腹肌，我會害羞。」白承安抬手擋住衛凌靈的視線，開口轉移他的注意力，「意識被封印起來是什麼感覺？」

衛凌靈想了下，「像做了個很長很安靜的夢。」

「是嗎，有沒有夢到我？」

衛凌靈終於忍不住白他一眼，「別開玩笑，現在是什麼時間了？你來得及在十二點前回報總部嗎？」

白承安也許是真的累了，索性躺平在旁邊的陪護床，「回報時間大概是十一點五十分，完全是壓線。說到這個，我們可得請沈湘和阿進一杯飲料才行啊。我打倒那四個人後，拖著你找到出口，但是沒有力氣帶你爬上去，只好自己先爬到地面發出訊息。」

機器人忙完白承安的傷口，把注意力轉到衛凌靈身上，小小的噴頭灑出酒精水霧，開始清理他髒兮兮的皮膚。

他沒有管機器人，垂眼望著白承安，「然後呢？」

「就只有他們兩個敢違抗局長命令趕過來，那時候我們全身都髒得要命，你知道把你從地下撈起來，這對沈湘那個潔癖來說有多挑戰嗎？」他無聲笑起來，白承安繼續繪聲繪影說下去，「本來弄髒身上就很不高興了，後來知道你用了共感核的祕密功能，沈湘氣得半死，說等你好起來一定要找你算帳。」

衛凌靈的笑有些疲倦，「那我可得休息久一點了。」

說著他就要閉目養神，手卻忽然被白承安用力握緊。

他訝然睜眼望向白承安，少年平常嬉笑的臉龐此時如同在地道重逢時，透著冷峻，「別急著睡，我跟你的帳也還沒算完呢。你為什麼擅自下去找我？」

他本能想掙脫，然而白承安顯然不是在開玩笑，手指的力道悍然持續著，「別想蒙混過關，你知不知道我們差點都死在下面了？」

衛凌靈轉開頭，「如果你沒逃到地下道，我也不會冒險下去救你。」

「我到現場時原本的考官已經被殺掉，我被四個共感者同時攻擊，可以活著逃到下水道已經是奇蹟了。你現在可以好好地跟我說話，更是奇蹟。」

衛凌靈靜靜反問：「難道你要我乖乖坐在總部等消息？如果是你，會那樣做嗎？」

白承安一把把他的頭轉回來，語氣更冷，「我再怎麼樣也不會濫用職權入侵不相關的民眾，更不會透支自己的體力，只爲了加大共感核的偵測範圍！你還記不記得糾察者的戒律？冒這麼大的風險來救我，值得嗎？」

衛凌靈馬上意識到不對，「你偷看我的記憶？」

白承安眼底閃過一絲愧疚，共感核悄無聲息亮起一點微光，「抱歉，是我自作主張。因爲您當時的行爲實在太不理性，我判斷需要另一位糾察者了解您的狀況，適時提醒您不要冒險行事，所以當白先生提出要求時，我就給他看了您的記憶。」

他怎麼都不知道共感核是這麼人性化的武器？

衛凌靈將共感核的語言功能關閉，嘆了口氣，重新整理情緒，「你問我爲什麼違反戒律？可能是因爲我不是那麼忠誠的糾察者吧。」

白承安被他氣笑了，「大名鼎鼎的衛凌靈跟我說他不是忠誠的糾察者？那誰才是最忠誠的？阿進？」

「白承安，我不想和你吵架。」

白承安直視著他，好幾秒後，再度開口的語氣已經冷靜許多，「我希望你能多重視自己一點，不要總是把別人放在第一優先。」

「我只是想要保護你。」

「你自己也很重要。連自己都守護不好的人，怎麼有辦法守護好其他人呢？」

衛凌靈微微睜大眼睛，紛雜的情緒劃過眼底，白承安不等他回答，深深吸口氣，強行把手掌覆上他的眼睛，「好了，聊天時間結束，睡吧。」

幸好白承安遮住了他的眼睛，衛凌靈在溫暖的手掌下默默想著，不然被看到此刻的眼神，或許就會露餡了，洩露他竭盡全力想要隱藏的祕密。

⁂

雖然過程驚險，最終總部仍然判定白承安通過糾察者的考試。同時因爲他展現優越的危機處理能力，原本需要二十四小時監控的共感者監護機制也獲得放寬，他只有在値外勤時需要搭檔陪同。

「恭喜你通過考核，在此代表全體糾察者，授予你共感核。」

不情不願的聲音在禮堂響起，白承安走上前，不顧局長手還沒伸直，一把把共感核拿了過來，對台下舉起，肆意地翹起單邊嘴角。

阿進捧場地在台下吹了聲長口哨。

「看看那小子囂張的樣子，越長越像你。」沈湘的語氣已經沒有最一開始的敵意。一起參與了那麼多場戰鬥後，他實在沒有辦法再把他當敵人……雖然白承安一樣是個欠揍的小子。

衛凌靈微微一笑，跟著其他同僚鼓起掌，「謝謝你，即使這樣還是很認真地教他怎麼當好糾察者。」

沈湘哼了聲，阿進笑嘻嘻搭上他的肩膀，不出意料地又被甩開。

世界看似仍然風平浪靜，殉職的糾察者考官家屬得到了撫卹，都市的另一端，大樓的地下長廊，也有一場屬於共感者的葬禮。

四個共感者實驗體在下水道有去無回，連屍身都沒有。

風音是在事後才得知這道命令，趕去阻止時已經太遲了，四人早已音訊全無。過去孫澈元懶得直接管理共感者，在孫淨元重傷後，通常都是由風音接收與傳達命令。

現在這四人被派去殺白承安和衛凌靈，卻沒有讓她知道，這代表孫澈元或許已經對她在廢棄工廠那場圍殺裡的表現起疑了。

她曾是他最強的武器，突然間失靈，未必是武器不再銳利，而是武器的忠心不再堅定了。

風音領著眾人爲亡者點上白色的蠟燭，四人的稱呼被寫進小小的紙箋中，貼在顫巍巍的燭芯上，在微弱燭光下逐漸化作灰燼。

風一吹就散，什麼也不剩。

這些人甚至到死，都還不知道實驗室以外的人生可以是什麼樣子。

簡單的葬禮結束後，共感者們跟隨風音走向實驗室的住處，驀然間，風音喘了口氣，突兀地在走廊中間停步，「你們先回去。」

一個年紀小的新實驗品轉過頭，關切地看著她，卻被她的冷臉嚇住，連忙跟上其他人一起離開。

剩下自己後，風音疲憊地靠在牆上，草草在鼻下抹了一把，不意外又沾了滿手的紅。喉裡泛起的腥味很重，她只能咬緊牙，忍受那種像是從血管裡寸寸凌遲的灼燒感。

基因改造的身體，像一輛加強了特定功能的拼裝車，可以帥過一時，但撐不了太長時間。那天聽到林心的話更加證實了這一點，她的生命已經如風中殘燭，隨時可能耗盡。

絕對不能讓孫淨元看到她這個樣子，那個男孩子心腸比她還軟，肯定會很難過。

「既然我快死了。」風音想著，抹去鼻下又緩緩淌下的血，蒼白的臉上綻出笑容，「至少讓我不要死得那麼遺憾。」

在風音的記憶裡，孫淨元是個矛盾的人。

他懦弱膽小，卻又不甘於現狀；他認為世界上所有共感者都應消失，可是面對自家實驗室的共感者們，他常常捨不得任何人的消逝。

他太殘忍，卻又太溫柔。

他是個應該習於侵略的共感者，生來握有最強大的武器，可他不願意使用絕對共感。

那天她即將殺死白承安時，衛凌靈對她喊出的那句話，凍結了她全身的血液。

然而，震驚之後，她忽然又有些陌生地感到心臟泛起一陣酸楚。

至少，他還在，還在世界的一角存在著，這樣就已經足夠了……

她下定決心，轉過身飛快離開大樓，前往醫院。

風音走在醫院長廊上，有一搭沒一搭玩著打火機，醫生從她身邊經過，忍不住停下腳步，「小姐，醫院禁菸。」

她撇過頭，笑瞇瞇的，「啊啊，抱歉。」

染著金蔥色的指尖在醫生轉頭瞬間攀上他的後頸，男子重重一抽，眼神變換了幾次，最後定在一個截然不同的神情。

繼續邁步時，醫生的姿勢有些詭異僵硬，幸好白大褂寬鬆，看不太出來。

他一路來到病房，刷開禁制，走進門。

原本應該完全不能動彈的孫淨元，此刻卻不在床上。

男人這下子徹底僵住了，警覺到危險的同時倉促地回過身，門口此時已經站了人。

「找孫淨元嗎？」孫澈元溫文地微笑，「可惜，他已經被我轉移到另一個地方了。」

風音當機立斷撤出醫生的意識，但回到原本身體的時候，她渾身一抖。

槍口抵在她的太陽穴旁，孫澈元的手下們和共感者一起包圍著她。走廊另一端傳來慢條斯理的腳步聲，她幾乎可以想像出那人優雅隨意的走路姿態。

「居然是妳。」孫澈元來到她面前，彷彿有些遺憾般輕輕拂過她的髮，被她轉頭避開了。「我最完美、共感能力最強的實驗品，妳想帶走孫淨元嗎？」

風音冷眼望著他，沒有回答，腦中飛快運轉。

「讓我猜猜……」孫澈元眼睛緊緊鎖定她的每個表情，「妳爲什麼會突然想帶走孫淨元？上次妳下令撤退的行動也很奇怪，衛凌靈對妳說了什麼嗎？」

風音反射性地眨了下眼。

孫澈元近得幾乎要貼上她，「難道……孫淨元的意識被妳找到了？」

令人窒息的靜默裡，孫澈元瞇起眼，讀到了他最不想知道的答案。

他手還按著風音，幾秒後，加重了力道，風音咬牙忍住一聲痛呼。

「是誰？」

那一瞬間，風音抬眼，把孫澈元倏然警覺的神色收進瞳孔裡。見狀，孫澈元猛然退開，把旁邊的保鑣推上前。

風音的意識沿著保鑣的手指在毫秒間竄入大腦神經，發動了絕對共感。

她只來得及在那短短幾秒中用保鑣的手舉起槍，其他保鑣隨即把孫澈元簇擁在中央，不讓她有傷害到他們主子的機會。

孫澈元冷冷喝令：「我白養你們了嗎？快用共感壓制住她！」

風音環顧四周，心底一點點涼下去。

如果自己被抓到，如果孫淨元的下落被發現，孫澈元一定會把他活下去的可能徹底抹殺——這或許是孫淨元最後的機會了。

風音咬牙，轉而操控保鑣的槍，瞄準了她的額頭。

恍惚間，她想起昔年他們一起在小小實驗室相依為命的時候，那個善良柔軟的少年偶然偷了一支冰棒，和她縮在不被人發現的角落，一人一口，滿嘴都是酸酸甜甜的嚮往。

嚮往著自由自在，不屬於共感者的人生。

槍聲響起。

如同星塵一樣渺小的生命，無聲無息停止在一個一時起心的善念中。

她希望孫淨元永遠不要知道，自己是為何而死。

回復意識的保鑣踉蹌跪倒，眼前風音的屍身緩緩滑落，不曉得是哪個共感者發出一聲悲泣，又被身邊的同伴慌忙堵住嘴。

孫澈元面無表情地用手帕細細擦拭身上濺上的汙漬，厭惡地往旁邊一扔，「看管林心和淨元的地方加強守衛，還有，把孫淨元之前的主治醫生也處理掉。」

想用自己的命換永遠保密嗎？然而世界上怎麼可能有不透風的牆。

孫澈元一邊走，一邊冷冷地掐緊掌心。

他不知道，那具失去生命的屍體偵測到心跳停止的瞬間，悄悄自動發出了一道祕密訊息。

那是被輕視的渺小螳臂，最後一次對命運巨輪的抵抗。

第八章 最後那張無人知曉的王牌

雖然對於新上任的局長不滿，糾察者們還是穩穩當當地繼續著自身的工作。共感商品持續熱賣，衛凌靈和白承安在幾次例行巡邏裡，陸續收到零星民眾的投訴，每每往上報時卻依舊被壓下來，見不得光。

糾察者據點的另一個角落，剛上任的局長也沒有表面看上去那麼風光。

林心下落不明，他不敢發動搜索，只能在辦公室徒勞地發脾氣，「孫澈元，我已經照你說的話做了！」

「很好，繼續保持。」另一端的聲音漫不經心。

「你到底要怎樣才肯把我的妻子還回來？」

「我說過了，林教授在這邊很好。」孫澈元輕輕一笑，「她是我們和平合作的橋樑啊，如果沒有她，我要怎麼知道你不會在成爲局長後，順手把我的公司一起抄了？」

局長終於後知後覺地明白，他因爲利益和孫澈元結盟無異於與虎謀皮，等第一個共同敵人倒下後，貪婪的虎就露出了眞面目。

他在辦公室裡憤恨地重捶一下桌子，是時候想辦法把這個越長越大的威脅掐死了。

眼珠一轉，他又想起原本被他視作敵人的衛凌靈……

衛凌靈此刻正在和白承安值勤。兩人接到一通來自大學的求救電話，趕來後只見到一名女孩癱坐在地，三個大學女生圍著她，不過幾個人站的位置有些疏遠，似乎不是她的朋友。

衛凌靈和白承安交換一記眼神，由頂著無害少年臉孔的白承安先靠近，「我們是接到報案的糾察者，請問這邊出了什麼事？」

幾人看到糾察者的制服都警戒起來，個個沉默不語，顯然沒有意願配合糾察者的調查。

白承安不著痕跡地又和衛凌靈互看一眼，揚起笑臉安撫道：「沒事，我們了解一下狀況而已，後面那位同學身體不舒服嗎？」

女生們肉眼可見地緊張起來，試圖擋住地上的女孩，「她只是喝醉了，我們等等就會送她回去。」

白承安鎖定其中一位女性，俯下身，俊俏的臉孔乍然放大，對方愣了下，接著就聽他壓低聲音，極盡溫柔地問：「那妳呢？妳沒什麼事吧？」

女孩顯然沒有反應過來，臉微微紅起來，「我、我沒事。」

衛凌靈已經趁機繞過三個學生，半蹲下來檢視坐在地上的女孩。她雙眼呆滯，摀著額角面露痛楚，顯然剛從一次震盪的入侵回過神。

難道眼前這三個學生是共感者？但向來作風凶殘的共感者怎麼可能看到糾察者還留在原地不跑，甚至傻傻地試圖掩蓋？

趁著白承安和三人周旋，衛凌靈扶著女孩，低聲道：「一零七號，檢查一下她的腦部狀況。」

共感核應聲發光，衛凌靈輕輕按著女孩的肩膀，引導共感核伸出無形的溫和觸角，穿梭在女孩腦中仔細檢視。

「回報，在大腦裡找到了被破壞的區域，運氣很好的是，該區域十分微小，整體大腦狀況並沒有大礙。」衛凌靈還沒問出口，共感核已經同步說出他的疑惑，「她腦中確實有被共感入侵的跡象，卻沒有共感者常常造成的劇烈破壞，研判不需要送醫。」

衛凌靈起身和白承安做了個沒問題的手勢，擰眉望著眼前低聲互相抱怨的三個大學生。她們顯然都沒有什麼悔意，反而因爲被糾察者耽誤時間而備感煩躁。

白承安確認女孩沒事後鬆了一口氣，語氣也冷下來，「妳們知道妳們在做什麼嗎？妳們是這樣對待朋友的？」

其中一個女同學有些畏怯，又有些惱火，「我們才不是朋友！誰叫這個……搶我男朋友，我只是嚇唬她一下而已！」

衛凌靈頭有些疼，後面的女學生終於緩過來，虛弱地撐著頭反駁，「我只是剛好那個時間和妳男朋友同一堂課而已！查勤查成這樣，動不動就要用共感看他在幹麼，就算他眞的不想和妳繼續在一起也很正常！」

衛凌靈介入眼看就要爆發的爭執，平靜地繼續追問：「可以讓我看看妳是怎麼使用共感的嗎？」

幾人含糊其辭，沒有人願意開口回答，只有帶頭的女生手臂不自然地抽動了下。

白承安視線捕捉到，敏銳地一把從她身後抽走包包，不顧她的抗拒，從裡頭取出一個漆黑盒狀物，微微瞇起眼睛，「這個機器是從哪裡來的？」

一片沉默裡，衛凌靈皺起眉，正想開口，卻看到白承安笑嘻嘻地站到動手的那群女孩面前，清秀的臉上收起剛剛的故作溫柔，笑得又痞又隨意，「我問妳們，妳們覺得這很好玩嗎？」

女孩們一時被那張臉騙過去，沒有反應過來，直到白承安的手指輕輕放上帶頭女孩的臉頰，女孩猛然一顫。

他冷下臉，「那就自己體會一下感官過載的感覺吧。」

「白承安！」

衛凌靈及時抓住他的手腕拉開，短短三秒，女孩的瞳孔驟縮，呼吸急促，被絕對共感侵入腦海的恐慌感浸透全身，一時讓女孩失去平衡，跌倒在地。

「總得讓她們親身體會一下，才知道這有多不舒服。」白承安滿意地抿唇，接過衛凌靈手裡小巧的盒狀機器，目光銳利張揚，「再問妳們一次，這是什麼？」

女孩們縮成一團，小聲回答：「是祕密測試的產品，還沒有上市，有人付我們一筆測試費，說它可以做到比相對共感還要多的事情……但我們沒辦法一直維持，所以只用了幾秒就失敗了。我們完全不知道它會對人體產生多大的傷害，這樣我們應該沒有違反什麼法律吧？」

衛凌靈和白承安相視一眼，很有默契地安靜下來——孫澈元的腳步越來越極端了。

如果一般人也能做到絕對共感，這個世界會變成什麼樣子呢？是他在廣告裡所描繪的同理與同感，還是走向另一個沒有隱私、失去獨立意識空間的世界？

衛凌靈深吸一口氣，「走吧，先回去告訴局裡……」

通訊器突然傳來一道匿名訊息打斷他的思緒，他邊走邊看，忽然停下腳步。

白承安小心把盒狀機器放進密封袋，抬眼就看見衛凌靈蒼白的臉色，「怎麼了？」

他垂眸，彷彿沒有聽到白承安的聲音。

「他想把孫淨元做成一個活標本，現在他知道孫淨元的意識還在，他一定會動手把這個意識消滅。這是我最後能給你的警告。」

沒有抬頭，沒有署名，訊息就那麼剛好傳到他的通訊器裡，而知道這個祕密的只有那幾人……

他感到胸口發緊，不祥的預感麻痺了四肢與骨血。意識和身體恰好相反，身體沒了意識可以繼續呼吸生存，然而意識沒了可寄存的肉體只會煙消雲散。

如果孫澈元開始懷疑，衛凌靈首當其衝，白承安則會成爲下一個被追殺的目標……他的時間眞的快要用盡了。

白承安一把抓住迅速轉身的他，「你又要去哪裡？」

衛凌靈胸口劇烈起伏，好像又回到三年前的左右爲難，進或退都是萬丈深淵。爲了理想而捨去最重視的人，眞的值得嗎？

僵持間，衛凌靈別過臉，好幾秒後才轉回來，臉上已經收拾乾淨所有情緒。

「剛接到一個緊急任務，你先回去總部待命，我要先去任務地點集合。」見白承安那張嘴又準備張開，他連忙補了句，「是機密任務，不能告訴你這個新人。」

白承安狐疑地望著他，衛凌靈下意識避開目光，先上了車，「我先走了，你回去小心。」

他在後視鏡看到對方站在原地，凝望著車開走的方向。他眨了下眼，又緩慢地眨了第二下，白承安依然沒有離開。

過去，爲了不讓人懷疑，他只能親自和所有人一起走向玻璃房；現在，爲了不要牽扯他人，他決定孤身邁向屬於自己的結局。

衛凌靈手握在方向盤上，指尖微微泛白，回憶像滔天海浪兜頭打下，所有祕密與痛楚纖毫畢現。

當時爆炸案的眞兇，不是局長，也不是孫澈元。

提出要用一場爆炸埋葬一切的，是目睹家族沾遍鮮血，同時也是共犯之一的孫淨元。

原本一切可以終結在爆炸裡，但是準備利用家聚時間攻擊的消息半途走漏，他和合作的糾察者高層一行人窮途末路，商討對策時都已做好放棄的準備。

「消息走漏了。」

「怎麼辦，取消任務？」

「不。」孫淨元平靜地拒絕，「孫澈元非常謹愼，這一次失手，我們不會再有另一個機會。」

局長望向他，聲音很低，「你認爲該怎麼做？」

孫淨元抬頭，眼底清透明亮，「我只能親自去，他們愛好面子，只要我這個看起來最膽小、最無關緊要的成員去了，一定可以把所有人都帶進玻璃房。」

「即使你很有可能會死在爆炸裡？」

「……即使我可能會死在爆炸裡。」他澀聲覆誦。

局長仔細打量他一眼，抿唇呑下一聲嘆息，「那衛凌靈……」

孫淨元掐緊手指，窒息感湧上胸口，勉強撐起的唇角顫抖得不成樣，「不行，如果我做了任何安排，他們一定會起疑。我不能救任何人，即便是衛凌靈，我們全部都必須一起留在那裡。」

局長啞口無言，少年低著頭，纖長的羽睫垂落，一併掩蓋了心事。他無法再左右孫淨元的決心，只能眼睜睜看他去赴那場血的盛宴。

然而，這個賭上生命織成的陷阱，不幸沒能發揮全部功效。

作惡多端的孫家雖然瓦解，但孫澈元因爲當時副局長的通風報信，只用了投影出席，與孫淨元成爲家族裡唯二的倖存者，失控的共感科技依然在往前。

記憶無聲翻頁，他從過往時光裡回到了現在。

現在的他又一次爲了一舉除去共感者的滲透，不顧代價，隻身前去阻止，身邊的人也都岌岌可危。

恍惚間，他似乎看到了命運的迴圈。

回到辦公室的白承安心下沒來由地惴惴不安，把新查獲的絕對共感機器上繳後，單獨來到訓練室。

他的共感核內建性格設定比衛凌靈那個唯恐天下不亂的一零七號沉穩得多，被他喚醒後，它善解人意地偵測了主人的心率，「您心跳過快，需要先坐下休息嗎？」

「我要對我的意識進行深層掃描。」

「請問您深層掃描的目的是什麼？沒有目標的話，我無法掃瞄出您想要的結果。」

訓練室四周都是落地的鏡子，白承安望著自己的臉，無法言說的陌生感依然存在，他冷冷地開口：「我要你掃描我的潛意識，越深越好，我想要想起我忘記的事情。」

他想要理解，那些衛凌靈每次都三緘其口不肯說出口的話。

他的共感核是個華麗的耳釘，靜默地開始啓動，光芒從他臉側迅速漾開。

白承安深深吸了口氣，共感核穩定而帶著壓迫感的力量一層層從腦中輾過，紛雜的畫面像古老電視的雜訊，把眼前的真實逐漸變得斑駁。

他看著原本就在腦內的、屬於白承安的過往如水流過，意識逐漸下沉，穿過了他從未碰觸的深淵。他雙眼上翻，眼球瘋狂在眼皮下轉動，與現實斷開了連結。

「神經網路節點偵測到複數反應……」銳利的警示聲才剛出口，又神經質地推翻了自己，「偵測錯誤……重啓掃描。」

共感核的掃描像力大無窮的拳頭，狠狠向水面一砸，水花四濺，記憶也隨之翻騰，「偵測到複數反應，警告……」

不屬於白承安的記憶忽然開始散落閃現，方才與他告別的衛凌靈定格在記憶角落，接著畫面像一張張照片迅速往回翻飛。

穿著制服一起和他值勤的衛凌靈、爲了保護他甚至沒有想要閃過共感者那一刀的衛凌靈，還有……不修邊幅的房東大叔衛凌靈。

幾秒過後，重新出現另一個衛凌靈，不同的是，這一個衛凌靈臉上有張揚肆意的笑容。他回過頭，從鏡子前離開——他變成了這個衛凌靈。

白承安在意識的深處掙扎著，而後他的視線裡出現了一個比他矮上一個頭的少年，長相漂亮卻性格冷淡，嫌棄地瞪了他一眼。

他的名字是……

「孫淨元，別再臭著張臉，難得有機會出去晃晃。」

白承安看著自己的手拍上少年的肩膀，又收穫了一句軟軟的抱怨，「衛凌靈，你煩不煩？」

「不煩，看到你就不煩。」他十分熟練地油嘴滑舌，看到對方依然面色沉重，才稍微正色，「還在擔心實驗室的事情？」

孫淨元不置可否，半晌才抿著唇，「我有時候覺得，我已經這麼努力想要做些什麼，可還是有太多我控制不了的事情。」

他在少年身邊單膝半跪下來，望著那雙澄澈乾靜的眸，裡面映著他的倒影。黑髮肆意散落，優美凜冽的眼睛裡含著笑意，無所畏懼，「我們很難完全控制機率和命運，所以我們信的只有我們的槍、我們的共感核、我們的戰友。」

「你呢，你相信我嗎？」

衛凌靈習慣性地伸手，在他頭頂亂揉了一把。

場景轉換，少年爲了管控共感者而熬夜，隔天嬌弱的身體大病一場，衛凌靈守在他的病榻前，輕輕爲他擦去高燒冒出的冷汗，「你自己也很重要，連自己都守護不好的人，怎麼有辦法守護好其他人呢？」

孫淨元水汪汪的眼睛凝視著他，又很快被高燒拖進了沉眠。

場景再次轉換，和風音的那場戰鬥裡，千鈞一髮之際，衛凌靈喊出了一句話，很快湮沒在他當時已經恍惚的意識裡，再也想不起來。

但現在白承安……或者說衛凌靈，想起來了。

「我就是孫淨元！」

他就是孫淨元。

潛意識裡無法控制的畫面倏然扭曲，衛凌靈像片被龍捲風撕碎的落葉，身不由己捲進意識洪流。

「偵測心率異常，掃描終止。」

衛凌靈用白承安的身體睜開眼睛，瞳孔受光刺激，收縮的同時落下了生理性的淚水。

衛凌靈愣愣地望著鏡子裡那張清俊的少年臉蛋，腦中一片空白，冷意延脊柱底端一寸寸往上竄升，三年的時間迅速奔流而過，慢慢凝聚成眼前的臉龐。

那個頂著衛凌靈的臉，卻沒有獵殺技巧的人；還有這個頂著少年臉孔，卻本能般精通殺戮與共感的自己。

他猛然一把抓住自己的臉，重重咬住唇，讓漫開的血味喚回神智。

他全都想起來了。

想起來他還是衛凌靈時，是怎麼和孫淨元一起度過那三年的時間，還有在爆炸發生前，少年回頭看他的那一眼。

他很幸運，爆炸當下飛起的家具碎片砸傷他的頭部，沒有傷及他的生命。他只記得他失去了意識，再醒來時，記憶已零落得串不成篇，完全成了另外一個人。

衛凌靈慢慢站起身，想起入職第一天，阿進帶著他做了一次腦部基礎數據的建檔，但當時因爲臨時有緊急任務，阿進做到一半就跑了，把他留給了孫淨元。

他走到機台前，已是正式人員的他終於也有權限看其他糾察者們的數據，指尖輕輕拂過螢幕，想起那時孫淨元臉上的反應，不由得失笑。

共感核顯示出剛剛深層掃描的結果，他的數據和歷史紀錄裡高居第一的衛凌靈一模一樣。

仔細一想，其實破綻一直都在。

即使因爲太久沒回到崗位而生疏，能力也不可能短時間內下降這麼多，反倒是沒有基礎的自己，不管是個性或能力，最常獲得的評價都是和衛凌靈很相似。

所以頂著衛凌靈臉孔的孫淨元對廚藝一竅不通，他卻能隨手煮出衛凌靈擅長的食物；所以他會覺得孫淨元傷痕累累的手眼熟，因爲那是他自己的手。還有當他下意識揉孫淨元頭髮時，孫淨元的臉上會露出那種懷念又酸楚的表情，因爲那是只屬於他們兩人回憶裡的習慣性動作。

此外，他們從下水道歷險歸來時，衛凌靈曾說：「你問我爲什麼違反戒律？可能是因爲我不是那麼忠誠的糾察者吧。」

他確實不是糾察者，那些戒律對他而言沒有任何意義。最重要的是，爲什麼當時以衛凌靈身分出現的他，會這樣不計代價保護白承安這個徹底的陌生人？

衛凌靈咬著牙，輕輕笑出來。

在第一次登記腦部數據時，他就知道了吧？所以才會對自己百般在意。那具原本應該屬於衛凌靈的身體，裡面住了一個脆弱卻又勇敢的靈魂。

「搜尋共感核一零七號，幫我把地圖投影出來！」記憶歸位後，衛凌靈毫不客氣使喚起共感核，轉身衝出辦公大樓。

所有糾察者爲了任務支援方便，共感核都內建定位，也都有一套共享地圖。在衛凌靈低頭檢視時，他發現一零七號的位置忽然開始迅速移動，顯然是坐上了某種交通工具。

衛凌靈跨上糾察者專用的重機，蛛網一樣的地圖在虛空中鋪開，懸浮在一邊，他只看了一眼，接著就把油門催到了極致。

黑髮被狂風往後吹亂，他瞇著眼飛快閃過前方的車輛，重機的警鈴震耳欲聾。他滿不在乎，手掌再次一轉，看著地圖上代表共感核一零七號的小點迅速靠近。

目標映入眼簾時，他的心臟跳得飛快，幾乎要迸出胸口。

對向車道上一台傷痕累累的車子狼狽逃竄，行徑路線歪歪斜斜，顯然快到極限了，後面追逐的車輛像被激怒而傾巢而出的蜂，一點也沒有減速。

他一眼看見駕駛座上臉色蒼白的人影，看到屬於衛凌靈的臉露出這樣的表情還是讓他感到十分詭異。他已經習慣那張臉上帶著從容、帶著欠揍，絕不會帶著這樣的害怕。

然而這一刻，眞正的衛凌靈也害怕了。

這一次再錯過，他們還能有幾個三年可以賭？

兩車隔著隔離島交會那瞬，白承安的聲音大吼出口，繃緊的嗓子幾乎要撕裂般淒厲，「孫淨元！」

聽到吼聲，孫淨元本能地回頭看向他，臉上閃過顯而易見的震驚，但車速實在太快，那一眼快得他不及看清，處於加速狀態的轎車和重機已然錯身而過。

時隔三年，他們才剛重逢，又再度背道而馳。

衛凌靈毫不猶豫剎車，拉出一道長長的剎車痕。他壓低重心，後輪劃出一個誇張的半圓，強行在下一個岔口轉過方向。

過度強力的制動讓他重重晃了下，糾察者的制服手套太滑控制不住油門，被他一手扯開，一蹬腳重新朝孫淨元遠去的方向追去。

重機靈活地穿梭車陣之間，強風吹開他來不及扣上的外套，衣襬向後翻飛如翼。

追擊的車輛沒有注意到他，很快就讓他追到並駕齊驅。

衛凌靈單手操作龍頭，另一手拿起手槍上了膛，在高速中伏低身。

孫淨元從後照鏡看到這一幕，心臟差點暫停。前方不到十公尺處是一個大十字路口，燈號正從黃燈轉爲紅燈，他不得已，咬牙繼續加速。

他的餘光繼續看見衛凌靈瞇起眼，表情沒有太多變化，幾個冷靜的點射，一般車輛的玻璃承受不住，馬上碎了一片。

下一槍漂亮地命中司機，對方甚至還來不及反擊，方向盤已經失控。

孫淨元及時轉向，車尾險險越過路口，橫向的車流隨即湧上，密密麻麻把直向的車堵在後方。他急急踩下剎車，回過頭張望，幾秒後，終於等到一台黑色重機突破車流，急停在他面前。

儘管這麼久沒有以眞實身分相對，但眼下的情境逼得孫淨元脫口就是一句：

「你瘋了嗎？」

單手掀下安全帽的衛凌靈甩開遮到視線的瀏海，直接拉開他那一側車門，猛然探進去把人緊緊摟進臂彎裡。

轟然的心跳聲瞬間湮沒了一切。身後還是數不盡的追兵，然而此刻兩人什麼也不想，緊擁的手臂都在微微發抖。

衛凌靈原本是真的以為再也見不到孫淨元，他到現在都還記得爆炸前，孫淨元望向他的眼神如此平靜又悲傷。

直到現在他才讀懂那個眼神，孫淨元是在告別，向衛凌靈，也是向他自己。

孫淨元靠在他懷裡，緩緩重複一次剛剛的話，這回用的是肯定句，「你真的瘋了。」

「彼此彼此。」良久，衛凌靈才終於啓唇回應，「去副駕，我來開。」

在衛凌靈的皮囊裡，孫淨元此刻腦中一片混亂，眼下顯然也不是爭執的好時候，只得讓開了位子。

看到白承安的臉這麼冷肅實在很詭異，比不動聲色把普通的車開出賽車效果更詭異，往後一看，追兵似乎暫時被方才的混亂阻擋住，尚未追來。

車裡一片靜默，一陣過後，孫淨元才終於開口：「你都想起來了？」

衛凌靈不知道是不是故意，突然踩下剎車，害得孫淨元被安全帶勒到一口氣差點沒喘上來，才轉過頭對他沒心沒肺地一笑，「這台車太顯眼了，下來，我們換個方向走。」

也不等他表達意見，衛凌靈逕自下車，把孫淨元也拉了下來，走進一旁曲折的小巷，十分熟門熟路。

最後，兩人來到一間極其破舊的小旅館。

孫淨元來回打量招牌三遍，尤其店名上閃閃發亮的愛心，確定自己沒有看錯，「白承……衛凌靈，你眞的恢復記憶了吧？該不會反而傻了？」

「我猜孫澈元的監視再怎麼天羅地網，也不會連這種地方都有。」衛凌靈看上去倒是十分愜意，神態自若地和老闆娘登記入住。

「這裡的好處就是不會有人問你隱私，很好藏身。」他對老闆娘露出屬於白承安少年氣十足的燦笑，接過鑰匙，「走吧，至少等到天黑比較好行動時再出去。」

看到孫淨元臉上那一言難盡的表情，他又淡淡補了句，「怎麼，怕和我同房嗎？你現在用的是我的身體，跑得比我快，力氣也比我大，還有什麼好擔心的？」

不是這個問題！孫淨元在內心大聲吐槽。

他看著衛凌靈自顧自先上樓，只得默默跟了上去。

樓上意外是頗乾淨的小房間，門咣噹關上後，他就有些手足無措。

衛凌靈氣勢洶洶，皮笑肉不笑，「如果我沒有發現，你是不是打算永遠瞞著我？」

孫淨元垂下眼，「當然不是，我知道總有一天必須讓你知道。」

衛凌靈逼上前，視線凌厲，嘴角卻還是微挑著，「那你爲什麼不早點告訴我？你早就知道我是誰了，告訴我不行嗎？」

「在我找到解決方法之前，告訴你又能怎樣？」孫淨元毫無悔意地迎上那熟悉的銳利眼神，「你每天面對我、面對自己的臉，該怎麼辦？消除掉我的意識嗎？或者不斷煩惱，不曉得如何處理我的意識，然後又因爲不能回到自己的身體而更加痛苦？」

衛淩靈一時語塞，無法回答。

孫淨元輕吸一口氣，疲憊道：「我們不要吵架了好不好？我們剩下的時間不多了。」

衛淩靈的臉色越來越難看，卻還是逼著自己放開把孫淨元困在牆邊的手，轉頭努力平復情緒，才再次轉回頭，「第一個問題，你不是眞的要出什麼緊急任務吧？」

孫淨元遲疑一會，終於在床沿坐下，「不是。」

在衛淩靈近乎指控的眼神下，他繼續說：「剛剛追殺我的是孫澈元的人，我收到一個祕密消息，他發現了我的意識沒有死，結合之前的資訊，我猜他應該發現我就是孫淨元了。」

「既然這樣，他爲什麼要殺你？孫澈元雖然很沒人性，我記得他對你非常保護。」

他不知道如何解釋他們兄弟間的古怪關係，頓了頓，「我曾經也以爲是這樣。」

但後來孫淨元漸漸長大，也越來越知道，孫澈元的個性裡有很極端的占有欲。他不喜歡孫淨元與外界接觸，不喜歡孫淨元參與家裡的生意或討論，好像想要把孫淨元關在一個玻璃罩子，永遠保持天眞乾淨。

「對他來說，我活過來，而且夥同外人背叛他，可能不如直接毀了我的意識。沒有身體的意識只是一團空氣裡的電波，很快就會煙消雲散。」

「說到這個，爲什麼我們的意識會進入不同的身體裡？」

孫淨元握緊手指，「我……我也不知道爲什麼會這樣。」

當時引燃爆炸，他是眞的抱著必死的決心要和這個腐敗的家族同歸於盡。不過當他的意識重塑時，映入他眼簾的那雙手掌，是他從未有過的厚實修長。

「我發現我的意識在你的身體裡，我還以爲自己終於瘋了。」

衛凌靈沉默著沒有看向他，看到自己的臉露出如此不合性格的陌生表情，他怕自己也會瘋。

「一直到我測試了一遍又一遍，確認在其他人眼裡，我沒有瘋，可是也眞的成爲了你，我才知道最不可能的事情發生了。我看到新聞，知道我的身體沒死，但我不能光明正大用這個樣子回去孫家，也不能用你的身分回到糾察者裡面。」孫淨元用著衛凌靈的嗓子說話，聲音開始微微顫抖，「我什麼都不會，不會開槍，也不會用共感核，連那些關於糾察者的知識都是翻你的共感核紀錄才知道。幸好，共感核是基因鎖，我還打得開，才有辦法查到一些關於你的事情，甚至連絡到林心教授，不然我當時一點頭緒都沒有。」

衛凌靈板著臉，倒了杯水推給他，說話的語氣已和緩不少，「先喝一口，冷靜一點。」

孫淨元勉強喝了口，深呼吸，「後來，我決定先棲身在你家的屋子，靠租房維生，就是在那時候遇到了你。」

「看來我們運氣都不錯。」衛凌靈自己也喝了口，「如果那時沒有遇到你，你可能已經被那些共感者殺掉，而我也可能永遠沒有機會想起來我是誰，要用白承安的身分過一輩子……再後來呢？」

「那時候來殺我的人，不管是一般的打手還是共感者，其實都是孫澈元派來的。他一直執著地認爲是你策畫了爆炸，要不是當時在醫院有前局長他們看著，他大概很早就動手了。我知道我沒什麼自保的能力，只能極力躲藏逃跑。後來沈湘找上門，邀請我回去，老實說，我那時候想說完蛋了。」

衛凌靈也想起那一天，原本想笑，但考量到還在跟孫淨元發脾氣，臉又繃起來，「難怪你那時候慌成那樣，你大概只有在共感核裡看過一點關於沈湘的事情吧？」

「沒錯，而且最重要的是，我不想把你的身體扯進這麼危險的事情。」

衛凌靈用白承安的眼睛垂眸，「但這個人的身體卻已經被扯進危險了。白承安也是你們的實驗品，對吧。」他用的是肯定句。

只有這樣才能解釋，爲什麼他即使沒有共感核，仍然可以擁有這麼強大的共感能力，甚至超越一般共感者的程度。

他的身體經過改造，比一般共感者更具殺傷力。

孫淨元沉默點頭，「我在第一次出糾察者的任務後，就檢查過這具身體，發現白承安也是被孫家改造過的共感者。不過白承安不在我以前管轄的共感者名單內，也就是說，孫澈元早就瞞著我創造更多實驗品，他從來沒有完全信任我。」

「白承安並沒有被列管，代表在我遇到你、被警方發現之前，他的共感者身分從來沒有曝光。」衛凌靈若有所思，「我們一直認爲共感者生性殘忍衝動，可現在看起來，並非絕對如此。即使是失去記憶的我，在這副身體裡的時候也並沒有任意傷害人。」

孫淨元的笑有些苦澀，「也許你就是唯一的特例吧？我和其他共感者並不是這樣。」

衛凌靈擰眉，探詢地觀察他的臉色。

孫淨元用衛凌靈的臉一字一字緩緩說出口：「既然你還活著……我一直想的都是，若你的意識還存在，我還找得到你，總有一天我要把身體還給你。」

衛凌靈微微揚唇。

「然後，我才能心安理得以孫淨元的身分死去。」

他嘴角揚起的弧度僵在臉上，再一次淡了下來，半晌，淡淡地問：「你一直都這樣想？」

孫淨元往後靠在壁上，眸光微斂，「我可以不這麼想嗎？」

長久以來，孫淨元一直做著同樣一個惡夢——黑衣人走進病房，拔開他的呼吸器。

殺死他的人不是孫澈元，不是誰的手下，是他自己。

在夢境裡，他看見的是孫淨元蒼白無瑕的臉，陰鬱殺機展露無疑，對自己下手時，殘酷得和面對敵人沒有任何分別。

突變的共感者都是反自然的，就像粗糙創造的基因生物一樣，不該存在，哪怕是他自己。

孫淨元低著頭，很輕地回答：「共感者不該存在。無論是我，還是他們，你身爲糾察者，應該最知道爲什麼。」

共感者違反人類社會運行的規律，是群體裡的異數，且因爲沒有破壞大腦的共感入侵不會留下痕跡，天生不受法律規範。

「從前糾察者可以現場逮捕入侵別人的共感者，但像現在這樣盜取別人記憶的共感者，我們防不勝防。我們上次巡查發現那些大學生用的測試產品，甚至可以讓一般人即便不具有基因條件，也可以進行絕對共感。如果共感者變成多數，糾察者的存在就不再有意義了。」孫淨元輕輕吸氣，「我們必須在世界變成那樣之前，加以阻止。」

衛凌靈指尖點著桌面，「你想要怎麼做？」

「孫家的實驗室是在我們這一代發展起來的，所有共感商品都是在實驗室裡利用實驗品們做出原型。少了這群人，少了這些儲存在實驗室裡的關鍵數據和儀器，對孫澈元絕對影響巨大。從前可能還沒有如此致命，可是以他現在擴張的速度，實驗室會是他最重要的根基。」

「實驗室在哪裡？對他眞的很重要嗎？」

「在孫氏企業總部的大樓底下。實驗室是他的底，三年前實驗室還沒發展完全，然而現在的實驗室已經培養出太多危險的共感者和設備了，沒有器材和那些共感者，他等於斷了一隻臂膀。」

衛凌靈點頭，問了下個至關重要的問題，「但如果實驗品都被放出來，日後你打算怎麼監管？」

孫淨元望了他一眼，衛凌靈背脊泛過一絲冷意，忽然懂了他沒有說出口的言外之意。

從一開始，孫淨元就沒有想讓這群實驗品活著離開。

「你是不是覺得我很冷血？明明我也是共感者的一員，卻還是這麼殘忍。」孫淨元輕聲說：「他們……有很多是我從小看著一起長大的。還記得我們第一次出任務時，在百貨公司遇到的那個小女孩嗎？如果不是爲了保護你，我看著那雙眼睛，肯定下不了手。我其實很能理解他們，在他們的視角裡，他們沒有錯，只是順應本能活著而已。」

衛凌靈等待著，果然接下來他話鋒一轉。

「可是如果近百位習慣掠奪、脫離社會已久的共感者回到人群裡，那和縱虎歸山沒有兩樣。若再有一個人因爲他們而受傷，甚至是死亡，我擔不起這個責任。我們家族親手創造他們，那就讓我陪著他們一起死。」

旅館裡鴉雀無聲。

衛凌靈忽然伸手，打了他額頭一下，「別給自己塑造悲劇英雄的形象了。」

孫淨元愣在原地，儘管衛凌靈頂著白承安的臉，板起臉來，還是依稀可以看出從前衛凌靈看不慣他悲秋傷春時會露出的嚴厲表情。

「你的命沒有那麼廉價，共感者的命也沒那麼廉價。爲誰死很難，三年前你決定赴死，已經是很難以做到的事情。」衛凌靈望著自己的臉露出那種迷茫的神情，又好笑又有些心疼，「但爲誰鼓起勇氣活下去，更難。既然是你家族捅出的簍子，你的責任是活下去好好修正這一切，而不是好像炸彈一丟，所有事情就會自動結束。這是現實世界，不是電影，來個悲壯結局就能了結一切。」

「可是……」

衛凌靈直視著他，放緩語氣，「你有你才能做到的事情，絕對不會因爲你是共感者，就沒有選擇命運的權利。」

旅館裡的兩人還在進行深度長談，最新共感商品的預告已經鋪天蓋地占據了外面的世界。上市日期訂在下週，孫澈元的那張臉又一次出現在大街小巷的廣告或節目。

在節目訪談中，主持人微笑著，「這次訪問，我們有幸邀請到孫氏共感企業的董事長，同時也是台灣富人榜前十名裡最年輕的科技新貴，讓我們鼓掌歡迎孫澈元！」

青年微笑落坐。

先是幾個無關痛癢的問題後，主持人切入正題，「共感是一個非常劃時代的創舉，從幾十年前，人們就不斷尋求技術突破，希望更了解意識是不是人類所獨有，還有人類之所以可以站在萬物之上，是不是因爲我們有其他生物所不具備的虛幻意識，也就是所謂的信仰。這些信仰可能是對於宗教，可能是對於政治形態，可能是對一個社會的想像。」

孫澈元靜靜聽著，臉上的神情完美得天衣無縫。

「我們想要多了解，孫先生爲什麼會想要推行共感呢？」

「我們的共感商品，一直以來都有一個中心思想——唯有共感，才能同理。常有人比喻人類就像一座座孤島，彼此相互不理解，即使使用同一種語言，也只能傳達不到百分之三十的眞實想法。就像你說的，我們每個人都有自己的信仰，這雖然讓我們可以與其他生物產生區別，可是也帶來無限的鬥爭。我們原本可以成爲像蜜蜂那樣規律又各司其職的社會，人人都百分之百接受自己的位置，也百分之百可以對社會做出最有必要的貢獻，卻因爲我們的意識和信仰無法共享，所以始終發揮不了人類的全部力量。

「所以，我的終極目標，就是讓人類的意識可以共享，所有想法和資訊可以用比現在快上十倍的時間傳遞。想像一下，彼此同理後，人們不會再有爭端，不會有歧視，不會有鬥爭內耗，也不用再時刻擔心第三次世界大戰會不會爆發。」孫澈元高舉雙手，光芒投在他姣好的五官上，宛若聖光，「那會是一個更美好進步的世界，每一個人都會在其中。」

一位上班族聽完後熱淚盈眶，擦一擦眼，順手下訂了最新商品。

另一邊，孫淨元收到沈湘明顯帶著怒氣的訊息。

一連跑了他和白承安兩個，沈湘快要急瘋，還是耐著性子沒有馬上上報給局長，幾乎是用吼的傳來語音訊息，「你們兩個到底跑去哪裡了？說謊也要打個草稿，指揮中心根本沒有緊急任務！」

衛凌靈看一眼外面已開始暗下的天色，「差不多可以走了，讓那個小子派多一點人來接我們。接下來的日子，孫澈元的人肯定會無孔不入地想要殺掉你，我們可能都得先在總部打地鋪了。」

「你打算告訴沈湘嗎？你們以前是好朋友吧？」

想起前搭檔，衛凌靈的臉上有些複雜，沈湘性子看似冷硬，其實就是顆金黃的油炸豆腐，外酥內軟。

「他說不定已經猜到了。你頂著我的臉，槍法和體術都糟得一蹋糊塗，連任務指揮都不會指揮……等等，你不要臉紅，我受不了自己的臉上出現這種表情。」

孫淨元一邊發出給沈湘的求援訊息，一邊沒好氣地砸他一顆抱枕，有衛凌靈的臂力加成，抱枕頗具殺傷力地砸出一聲悶響，「所以你打算說？」

衛凌靈搖頭，「最好先不要。我就是最後那張沒有人知道的王牌，太早掀開，我們就沒有後路了。」

他說出「王牌」兩個字也絲毫不害臊，孫淨元看他一眼，默認了他的確有這個實力。即使待在白承安的身體裡，衛凌靈的意識似乎天生就大膽又縝密，最擅長處理一團混亂的爛攤子。

來接應的車停在外頭，他們忽視老闆娘意味深長的神祕微笑走出旅館。

車窗搖下，沈湘親自來了，臉色很差，「這什麼鬼地方，有誰要解釋一下嗎？」

衛凌靈拉開後座車門坐了進去，打個呵欠，沒有想搭理前搭檔的意思。

孫淨元無奈下只得掐頭去尾，掩蓋和他們真實身分有關的部分，把早先查緝女大學生持有共感設備的事情說出來。

意外地，沈湘聽完後沒有責備他們的莽撞，反而陷入沉思，「新產品馬上就要上市，再不採取行動，的確就要來不及了。」

阿進在一旁插科打諢，「你們看過孫澈元的訪談影片了嗎？簡直是神棍等級，太厲害了。」

衛凌靈在後座伸直雙腿，用兩倍速快速看完影片，倒沒有太多意外。他臥底的那幾年，和孫澈元接觸不多，但他感覺得出來孫澈元是非常知道自己在做什麼的人。他的妖言惑眾都是包裝，最後目的是要讓人乖乖吃下他的糖，忘記糖衣裡裹著的可能是毒藥。

意志清醒、自以爲正確的孫澈元，比毫無理智的人更危險。

因爲派了大隊護送，他們十分順利地回到總部，然而剛一抵達，局長辦公室裡就連連傳來緊急命令，要求召見衛凌靈。

「沒完沒了。」眞正的衛凌靈低低咒罵一聲，拍了下孫淨元的肩膀，「我陪你一起去。」

辦公室裡，原本應該因爲升官發財氣色紅潤的局長卻一臉焦慮，在桌前來回走動，一見他們就隨即迎上來，「他綁走了林心！」

兩人的眼睛同時睜大。

孫淨元頂著衛凌靈的臉，理所當然局長只對著他說話：「衛凌靈，求你救救我太太吧。」

衛凌靈卻很快理出前因後果，看一眼面露猶豫的孫淨元，聲音有些冷，「是你自己提出和他合作的？與虎謀皮，活該！」

孫淨元按住他，追問道：「爲什麼？什麼時候的事情？」

局長抱著頭，無暇斥責他的出言不遜，「從我快要接任局長開始到現在，林心都在孫澈元手上，當作威脅我的籌碼。我要不是眞的沒有辦法了，也不會來求你們。」

孫淨元艱難地開口：「我們不是你的私人軍隊，請你走正常程序發給我們執行令。」他說著就要離開。

沒想到局長死皮賴臉，只差沒抱緊孫淨元的大腿，「衛凌靈，你再怎麼討厭我，也不會眼睜睜看著林心落入危險吧？」

衛凌靈轉過身，一手攔住似乎快要動搖的孫淨元，伶牙俐齒回嘴：「我們不吃情緒勒索這一套，你自己造的孽，憑什麼要我們來擔？要我們幫忙可以，你走正常程序上報當局，讓我們知道是爲了什麼出動，也讓當局知道你都做了什麼事情。」

然而局長只看著還是衛凌靈模樣的孫淨元，「林心從你還是學生時就一直對你很好，一路提拔你到現在。她對你這麼好，錯的人是我，她是無辜的啊，凌靈！」

孫淨元低頭飛速看一眼衛凌靈，「如果不知道她在哪裡，我們怎麼救？」

局長連忙開口：「我這裡有林心想辦法傳出來的定位，我看了地圖，在一棟偏遠郊外的大樓。」

兩人互望一眼，衛凌靈抿著唇，一言不發帶頭轉身離去。

確定他們走遠後，局長揩揩額間的冷汗，望向腕間的通訊器，代表通話中的紅點規律閃爍——通訊器那一頭一直都有人在。

局長啞聲道：「我照你說的話做了，可以放走林心了吧？」

他幾乎可以想像孫澈元在那一頭平靜的笑容，「很好，只要衛凌靈一死，明天你就可以見到你老婆了。」

在沒有人的辦公室裡，局長咬緊牙，把臉埋進掌心，越來越覺得一開始答應和孫澈元合作，就是一個錯誤。可是已經走到這裡了，他放不下權位，也放不下心愛的妻子，兩邊權衡，他只能按照孫澈元所說，把衛凌靈和白承安交換出去。

「對不起……」他對遠去的那對搭檔喃喃低語。

深沉的夜色裡，切斷通訊後，孫澈元側過臉，望向雕像般端坐沙發上的林心，「可惜，風音好心偷偷給妳留下的定位器，最後變成我設下陷阱的道具。林教授，妳看，人還是自私的，甚至會因爲愛反而更加自私，所以糾察者的局長爲了愛妳，犧牲這麼多隊友也在所不惜。」

林心沒有回答，不過他也不需要聽眾，自顧自站起身繼續說：「接下來就等著看吧，這些傻子特別愛犧牲遊戲，以爲自己在做選擇，其實全部都是我的劇本。劇本一幕一幕演到最後時，哪個角色又會壯烈犧牲呢？」

他口中的傻子們正趁著夜色掩蔽，沉默地準備這場已經可以預見會見血的戰鬥。他們穿好防護制服，啓動共感核，打開通訊頻道，在這次的指揮官沈湘面前齊刷刷列隊。

衛凌靈眼角餘光瞥到孫淨元緊繃的眉宇，看見他說不出口的焦慮，低聲道：「不要擔心，這次不一樣。」

「有什麼不一樣？」

「當然有，」衛凌靈直視前方，微微挑起一邊嘴角，「這一次我回來了。」

陽光萬里，今天是個適合外出的好日子。

但陽光也有透不進的地方，一棟外表僞裝成廢棄大樓的高樓豎立在荒野中，裡頭藏了一個裝飾得富麗堂皇的空間。

可惜兩位住客都無暇觀賞室內的精心裝潢、布置，他們一個愁眉不展，一個眉目安祥，只是睡得有點太過深沉。

孫澈元已經離開，剩下林心望著孫淨元睡在病床上的樣子，放鬆的眉眼很安靜，幾乎像是眞的睡著了般，全然不知道有人爲了拯救他，不惜一切代價。

她太懂衛凌靈的性子，這個桀傲不馴的學生，絕對不會甘心看著他曾保護的人又在眼前死第二次。

她的丈夫呢，會有這樣的決心嗎？她面臨危難時，他本人甚至不會到現場……

正在發愣的時候，一個隱約的悶響在遠方炸開，她猛然起身，但周遭已重新歸於平靜，看不出一點不尋常。

孫澈元畢竟是商人而不是軍人，沒有本錢製造那麼多條件齊全的監獄，所以才會選擇把他弟弟與林心放在一起看守。整座大樓只要有陌生人進入就會立刻聯動實驗室，甚至還有會讓共感核失效的電磁干擾，糾察者對上共感者時不再有電腦協助的優勢。

即使是衛凌靈，也不會在這種情況下貿然前來。

林心焦急地往外頭看，嚴絲合縫的大門忽然一震，接著非常和平地滑開了。門口站著個長相平平無奇的陌生男子，林心隱約記得他是某個看守樓道的共感者，然而對上視線的那一刻，她馬上察覺出不對勁。

孫淨元的意識用陌生人的嘴開了口：「教授，好久不見。」

她有些語無倫次，小心地辨識著對方的神色，直覺告訴她這不是衛凌靈，可是在共感者裡會叫她教授的畢竟不多，「你是哪位？你怎麼通過守衛的？」

孫淨元笑意更深，只不過眉眼間仍然緊繃，一手扶過林心，「現在還沒有時間說這些，教授，我們先走吧。」

「等等！孫淨元還在裡面。」

孫淨元一愣，共感距離一旦拉遠難度就會更高，而衛凌靈的身體還停留在大樓後門外。絕對共感的時間正在迅速消逝，他眼前的景象已經微微一晃，被壓制住的共感者意識逐漸復甦，掙扎著想要奪回控制權。

一旦在這種時候被反噬，一切就功虧一簣了。

通訊頻道裡已有共感者察覺不對勁，「呼叫，關押俘虜的地方發生什麼事情了嗎？」

「沒事，一切正常。」他眼前的重影蕩漾起來，匆忙用手勢示意林心往門口移動，自己往裡面探索。

瞧見他的身體無知無覺躺在病床上的感覺十分詭異，在看到的那瞬間，他就明白自己在這種狀況下帶不走這具身體和他四周的醫療設備。

短短幾秒，他聽見陌生人與衛凌靈的心跳同時在胸口轟鳴，兩側耳上的通訊器一邊是沈湘的聲音，一邊是共感者的聲音，全部交疊成分不清主次的刺耳雜訊。

錯過這一次，他還會有下一次機會嗎？

他手指抬起，卻猶豫了。

先不說他完全不知道如何回到原本的身體，如果他的意識現在回到孫淨元那具動不了的身體上，對現在的局勢完全於事無補……他們沒有時間可以浪費。

「衛凌靈，你的共感時間剩下一分鐘，快回來！」

沈湘發出警告，孫淨元咬緊牙，轉過身，放棄了病床上的身體。

視覺往往是第一個失控的共感感官，原本應該是樓道的地方黯淡成一片陰影，緩緩褪色，赫然浮出孫淨元在樓下時看到的後門景象。

那都是假的、都是假的！他在心底一遍遍告訴自己，拉著林心穿過視覺上看起來是一堵堅硬水泥牆的長廊，咬牙克制想要放慢速度閃避的衝動。

電梯一閃一閃地消失，林心率先踏入，然而在他眼裡，電梯口已經成了沒有底的黑洞。

「衛凌靈，再三十秒，記得走後門！」

人類是非常仰賴視覺的生物，他踩進電梯時仍有種即將墜落的驚懼感，心驚膽跳地數著抵達的時間。

好不容易等到開門，電梯口兩側守衛的共感者看到了林心，神色一變。

「十五秒。」

孫淨元在人臉模糊消失之前開了槍，滯後響起的槍聲似乎無比遙遠，手指也幾乎感覺不到槍身的存在。腦內壓制的意識凶猛地反撲，下一槍嚴重失誤，孫淨元心臟幾乎要停下，不顧太陽穴劇烈的疼痛，再一次加重了絕對共感的力道。

眼前的人影一閃而過，他開了第二槍，眼角炸出一團血花。

「十秒。」

林心教授的手腕明明在他手裡，卻彷彿化作煙霧無法再碰觸，觸感也漸漸消逝。孫淨元只能一邊告誡自己這都是幻象，一邊朝門口方向疾奔。

「五、四、三……」

對於糾察者來說，絕對共感的時間總是控制得精準，因爲戰鬥時多一秒或少一秒可能都會決定戰局。一般訓練測試時結果是多少，實戰誤差不會超過三秒。

孫淨元反手翻出糾察者們藏在手套底下的細針，毫不留情深深刺入指尖。

劇痛如電穿透意識，渙散的注意力集中起來，眼前的景象重新出現，硬是拉出了緩衝的時間，讓他在最後一刻把林心推出了大樓。

身體倒落那一瞬，孫淨元收回意識前，一把捏碎掛在共感者耳邊的通訊器。

沈湘冷靜的聲音穿透頻道，「撤！」

幾個人七手八腳把癱軟的孫淨元和林心一起塞上車，在樓內多數埋伏的共感者察覺不對前，迅速撤離。

衛凌靈和阿進從通訊器裡得知偷襲成功，交換一個神色，繼續看著眼前人來人往的孫氏總部大樓。

「同樣的計謀中第一次是不小心，第二次就是愚蠢了，把我們引到特定地點再偷襲這招，實在玩膩了。」衛凌靈用白承安清亮的少年音笑道，伸手招來一個機器人，「這次我們不會硬碰，要比誰的共感能力更強嗎？那就來吧。」

孫澈元接到共感者們後知後覺的稟報時，人正在準備產品上市發表會的講稿，距離發表會時間不到十分鐘。

他抿著唇，祕書小心翼翼覷著他的臉色，看不出太多喜怒。

半晌，他轉過頭，「通知實驗室，那些連個人質都看不好的實驗品，全部銷毀回收。」

祕書冷汗幾乎濕透衣領，孫澈元起身穿上西裝外套，走出休息室。

媒體的鎂光燈瘋狂閃爍著，他昂然微笑，從容地走上發表台。

小小的機器人無聲穿梭在商務人士與記者們的腳邊，悄然靠近。

時間一到，他對準直播鏡頭，嘴角彎起完美的弧度，「大家好，歡迎大家來到這跨時代的一刻——」

麥克風忽然無預警地噤聲，清亮的少年音從機器人口中傳出，放大的音量一下子吸引全場注意，「孫澈元，你知道三年前到底發生了什麼嗎？」

他猛然抬頭。

「在你把手伸到無辜民眾的時候，你的弟弟孫淨元作爲一個天生的共感者，選擇了他的路，和糾察者合作策畫了那場爆炸。他賭上生命把你可怕的計畫拖延了三年，現在，他會再阻止你一次。」

孫澈元向來胸有成竹的神情第一次變了。

「孫澈元，你已經輸了。」

「共感核失效了。」

前方忽然傳來齊整的腳步聲，且迅速逼近。沈湘做了個手勢，幾人照著先前孫淨元提供的情報，往另外一條走廊走，卻發現對向也同時有人走來，不得已，他們只能倉促地退進一間暗房。

沈湘發出通訊，「衛凌靈，這邊有共感核的干擾器，我們被包圍了。你以前在孫家待過這麼長時間，他們的干擾器通常會放在哪裡？」

孫淨元頂著衛凌靈的身體，唇都要被咬破了，「通常在通風口，有效距離不會太遠，你們一定要先破壞干擾器，在那之前千萬不要硬和他們對上。這些基因改造的人共感能力都非常強，沒有共感核輔助，你們會被困死在這裡。」

不過他這一邊也沒好到哪裡去，他們驚險閃過一個守衛的回眸，躲進走廊外一個狹小的角落。孫淨元已經察覺不對，「他們今晚的守備比往常都多，要麼是察覺到我們會來，要麼就是多了其他需要保護的人。」

衛凌靈望向走廊盡頭，繼續往前，至少有七八個持槍的共感者守候在那邊，「人太多了，共感控制不了，可能需要用槍。我五你三，有把握嗎？」

孫淨元待在衛凌靈的殼子裡，很想難得帥氣地說一聲「可以」，可實際上他不行。他很清楚自己的三腳貓體術，遠距離開槍還行，在這種狹窄的地方，一不小心就會誤傷同伴，他完全沒有把握近身相搏。

兩邊人馬同時陷入僵持。

共感者巡邏的腳步一次比一次靠近，爬到通風口偵查完的糾察者從天花板跳下，低聲匯報：「衛凌靈說對了，干擾器就在我們上面大約一個房間遠的天花板上。」

阿進慌亂地抿著嘴，飛快在身上摸索了下糾察者隨身的武器，然後抬起手，「用這個微型爆炸器呢？從通風口引爆，可以把干擾共感核的機器摧毀掉。」

沈湘臉色凝重，「這只能手動引爆，發信器必須在一定距離內，除非按了之後馬上從通道另一端跳下，否則裡頭這麼小的空間，按的人必死無疑。」

有一位隊員啞聲道：「可是通道口的狀況……」

他話沒有說完，在場的糾察者卻都明白了他的意思，如果通道口是焊死的呢？手動爆炸的人無路可逃，會馬上被烈焰焚身、粉身碎骨。

所以……誰來引爆？

全部人面面相覷，沈湘正要開口，阿進卻驟然搶先接過發送器，「我來吧。」

沈湘想都不想，「不行，你……」

當他看到阿進堅定的雙眼時，原本準備好了的冷嘲熱諷又卡在口中說不出口。這算什麼？每次任務都只會扯後腿的人，這種時候裝什麼英雄？

「我是你的搭檔，我有我該完成的事情。」阿進的聲音很平靜，「沈湘，你是指揮官，指揮官必須最大可能確保所有人活下去，對吧？」

那個油鹽不進、說話常比誰都難聽的沈湘眼眶泛紅，咬緊了牙，「我不允許，三年前差點死了一個衛凌靈，這次難道是你嗎？」

「死一個我，能保住全隊，何樂不爲？」阿進重重砸他一拳，「更何況，不是百分之百的死路。做你搭檔的人命都挺硬的，衛凌靈上次扛過這麼大的爆炸，我也幸運逃過這一次，不是沒有可能吧？」

沈湘手指掐緊得快要滲血，阿進沒有給他們猶豫的機會，一轉身就爬上了通道，「我會在通訊器裡倒數十秒，聽我的指令。」

所有人都屏住氣息，沈湘用盡全身的自制力，才死死轉過身，「所有人注意，等干擾器一失效，就準備突襲。記住，我們只有一次機會！」

好像過了一世紀那樣久，通訊頻道裡傳來阿進沙啞的聲音，「準備引爆，倒數十秒，祝我們都好運。」

「十……九……」

另一個角落裡，衛凌靈問孫淨元，「你相信我嗎？」

孫淨元全身都在顫抖，點了點頭，看著衛凌靈傾身上前，嘴唇輕輕碰上了他在整齊制服之外，唯一露在外頭沒有防備的眼皮。

在衛凌靈的軀殼裡，孫淨元腦中飛快掠過糾察者之間經常傳誦的警語——永遠不能脫下防護，因爲在肢體接觸的那瞬間，哪怕只要有一秒的餘裕……

這一瞬間，神經網如電延展鋪開，衛凌靈再次睜開眼睛，眼前已多出另一個從孫淨元角度看出去的視角，審視著白承安蒼白的臉。

「四……三……二……」

震耳欲聾的爆炸聲驚動了整座大樓，悲憤的糾察者們從暗房一躍而出，衛凌靈和被操控著的孫淨元並肩衝出走道，直面持槍的八位守衛。

絕對共感時間開始了，警鈴聲撕裂空氣。

他們用盡全力奔跑，共感核全面啓動，看不見的震波覆蓋了空氣，如浪濤般擴展，擊中了第一波共感者。

孫淨元那邊，持槍的警衛們紛紛回頭。

監視器裡有道視線跟著他們，冷漠地開啓廣播，「交手那麼多次還沒看清楚嗎？那個衛凌靈只是空殼子，中看不中用，不用怕他！」

原本有些忌憚的共感者互看一眼，接著像餓狼般接連撲上。

下一秒，衛凌靈附在自己的身體上，一個俐落的旋踢，踹開來者的槍，一手掐住對方的頸直直推上牆，歪著頭，「誰說我中看不中用？」

那囂張的語氣，是典型衛凌靈的口吻，完全不像之前出現時的軟弱溫呑。

監視螢幕前的人慢慢握緊拳頭，雖然很不想承認，但他依稀看懂了眼前的局面。

他親愛的弟弟不僅夥同外人背叛，現在意識竟然還在他平生數一數二憎恨的人的身上……衛凌靈憑什麼？

此刻視角像在搖滾區第一排的孫淨元，看見那位共感者臉上閃過不可置信的表情，下一秒就被一拳乾脆地打暈。

共感者們大驚失色，從來沒有人會以同時共感的方式並存，這不只需要絕佳的信任和默契，還得有強大的共感能力，才能在這樣高度運動的情況下，精準維持兩人各自的意識。

他們宛如同時駕駛著一艘船乘風破浪，孫淨元抑制著自己想要反抗的本能，所有神經末尾和衛凌靈的意識相接，維持著巧妙的共感平衡。

衛凌靈此刻像個高超的操偶師，同時運行著兩套感官系統、兩套肢體反應。他的意識回到原本的身體後，幾乎如魚得水，流暢得絲毫不像由共感控制，喚醒了這具身體曾經熟稔的戰鬥技術。

警鈴仍在大作，共感者紛湧而出，像巢穴被入侵而群起反擊的工蜂。一批一批的糾察者衝上前交鋒，共感核的光芒四處閃爍，在喊叫聲中撕出以血肉鋪成的通道。

剩下最後三個警衛時，衛凌靈摧動了絕對共感的力量，和孫淨元原本的意識疊加在一起，兩倍的意識能量順著共感核強大平穩的力道向外推，轉瞬間便收割了三人。

「走！」

衛凌靈的眼睛紅得像要淌血，隊友在另一邊和共感者拚搏換來的每一分秒都不能被浪費。他小心翼翼從孫淨元，也就是衛凌靈的身體上退出共感，而後抓著孫淨元的手穿過戰場的縫隙，拚了命朝走廊盡頭跑去。

盡頭的光亮撕開充滿血腥氣的黑暗，他們一起跑進最後一間房間，光芒倏然大盛。

房裡一人坐著，一人躺著。

孫澈元坐在椅中，一絲不苟的形象所剩無幾，髮絲凌亂，蒼白的臉上有一種猛獸窮途末路時的陰狠感。

衛凌靈往前走到一半，看清他手裡握著什麼時，猛然止住腳步。

赤裸的手臂上纏著炸彈的線，另一端牽著沉睡的孫淨元，儀器安靜地倒數著，血紅的數字怵目驚心——剩下最後十分鐘。

孫澈元抬起眼，對他們笑了笑。

「歡迎來到我的實驗室。」他語調柔和，「我看看，我心愛的弟弟，我們多久沒有說話了呢？」

孫淨元用衛凌靈的眼看著面前的人。他們之間隔著硝煙與鮮血，已經永遠回不去少年時期，偶爾他會因爲等門等到睡著，被晚歸的孫澈元輕輕喚醒時的兄弟情誼。

「淨元，我花了這麼多力氣，想要搭建起我夢想中的世界。」他喃喃地繼續說下去，「就差那麼一點點啊。如果我成功的話，你就再也不需要躲躲藏藏，全世界都會是共感者的天下，爲什麼你不想要呢？」

孫淨元望著直到如今還是這麼冷靜，彷彿是眞心困惑的兄長，把一句嘆息藏在舌底，「很久以前有一句話，『他人即地獄，人類都是孤島，活在自己認知的世界裡，有獨一無二的價值觀與信仰』，我其實是贊成這句話。所以我的價值觀，與你的價值觀，永遠不會相同，即使今天你用共感完全體會到我的五感，這些差異也仍會存在，不會被弭平。」

衛凌靈在他說話的同時，視線落到了炸彈的設置上，卻找不到任何破綻。

他心底泛起直透骨髓的寒意，彷彿已能預見失去實現理想機會的孫澈元，即將選擇什麼樣的結局。

「共感的眞正意義，是建立在互相尊重、試圖理解彼此的基礎上。沒有經過個人意願促成的共感，充其量只是滿足我們的偷窺慾而已。」孫淨元輕輕往前一步，「哥，你那麼聰明，不可能不理解。你只是活在你自己的孤島裡，拒絕看向那一片大海而已。」

孫澈元靜靜笑出來，看著孫淨元又試探地往前一點。

「現在收手還來得及，我們關閉實驗室，讓那些實驗品回歸社會，應該受法律懲戒的就好好承擔。我們還沒有走到難以回頭的地步，我會陪著你面對——」

孫澈元微微舉起一隻手，示意他停下，「淨元，如果就像你說的，每個人都是孤島，那麼我想把這些孤島連在一起的想法哪裡錯了呢？不要被小小的道德細節綁架迷惑了。我們是站在歷史的角度，人類陷在這些無休無止的爭吵和鬥爭裡，每過一段時間就會經歷大戰與重塑，不斷內耗。共感是最好的解法，爲了這些更長期的利益，犧牲一點點個人隱私有什麼關係？」

「別和他說了，他不會懂的。」衛凌靈冷漠地張口，孫澈元將視線轉向他，笑意收了一點，散發著顯而易見的敵意，「看樣子，你就是眞正的衛凌靈？眞可惜，三年前的爆炸沒有殺死你。你說我不懂這些，我也認爲你們不懂我想表達的，你看，這就是一個現成的、無法互相理解的例子。如果你們覺得我傲慢不願意傾聽，你們又何嘗不是認爲自己是對的，所以不願意聽我說？」

「孤島應該長成什麼樣子，是草原遍布，還是森林蔥鬱？我都絕對尊重。」衛凌靈不動聲色把孫淨元護在身後，無視自己此時的身高其實遮不住他，「不過至少我知道，一個要靠殺人與威脅、要把人類獨立意識踩在腳下建立的體系，無論聽上去是多完美的世界，我都不相信它會美好到哪裡去。現在，別扯那些虛無的大道理，我要帶孫淨元的身體離開，你要怎樣才會放他走？」

他看到孫澈元握著孫淨元的那一隻手緊了緊。

躺在床上的人無知無感，那張蒼白但乾淨的臉衛凌靈也是時隔三年再一次見到，幾乎不敢多看一眼，「這是你一手發展的基業，你今天把這裡炸了，和孫淨元的身體同歸於盡，只爲了和我們賭這一口氣，划算嗎？」

孫澈元本質是商人，不是瘋子，這麼簡單的籌碼計算他不可能不懂。

但孫澈元一動不動，只是緩緩仰起頭，眼底仔細看上去，居然和他弟弟一樣乾淨純粹，「一直生活在泥濘的人可以很好地適應泥土地，可是曾經踩在雲端的人，一旦摔下來，除了死，沒有別的歸處。我打破了舊時代的思維，現在又要讓你們以我不認同的陳舊思維判我罪嗎？不，我絕對不會走回頭路。是這個世界沒有跟上我……我並沒有錯。」

衛凌靈簡直想掐死眼前固執的人，然而現實只能眼睜睜看他把玩著炸彈控制器，「炸彈啓動到現在，大約只剩下五分鐘的倒數時間了。它是用平衡控制觸發的機制，如果你移動淨元，它會馬上把我們都炸得粉身碎骨。現在，由你決定，你要留下來想辦法弄走孫淨元的身體嗎？還是顧好自己的命，先逃走呢？」

炸彈倒數的噠噠聲輕得像一句句喟嘆。

孫淨元在他身後，原本顫抖的身子慢慢冷靜下來。

衛凌靈轉過頭，看到那張曾屬於自己的臉龐此時收起所有情緒，「我們先走，衛凌靈。」

這一幕似曾相識。三年前隔著玻璃房的那個回眸，孫淨元也曾經想過要叫他先走，只不過最後還是心一狠，把計畫貫徹到底，眼睜睜看爆炸吞噬兩人。

時光流轉，他們再度面臨了殘酷的選擇題。

孫淨元冷靜地想著，如果沒有了自己的身體，他會永遠占據衛凌靈的身體與人生，衛凌靈將眼睜睜看著他使用他的身體，只能寄居白承安的體內。

他已經用這個身體多活了那麼長的時間，而那些時間，原本都不該屬於他，這是他偷來的時光。

更何況，身爲實驗品曾經的管理者，孫淨元太知道實驗品生命的極限。

衛凌靈並不曉得，他也從沒有告訴過任何糾察者，白承安的身體既然是改造的實驗品，即使現在沒有顯露頹勢，也會在短短幾年內耗盡壽命。

趁著衛凌靈專心地怒目盯著孫澈元，他無聲無息啓動了共感核，「一零七號，你聽得到我嗎？」

「是，主人？」

「我需要你幫我做一件事情。」

「謹聽命令。」

衛凌靈邁不開步，他已經見過孫淨元消失在火光裡一次，現在再次重演，就像重新回憶那次別離。

還有什麼辦法？他還能怎麼樣兩全？

孫淨元走向他，笑容難得放鬆，「走吧。」

「不可以！」衛凌靈的唇間已咬出血漬，「我看你在我面前死過一次……我絕對不會允許第二次。」

「我的意識還在，只是身體消亡而已。」孫淨元就是有辦法把衛凌靈張揚的聲線變得很靜，抬手輕輕碰了碰他的臉頰，「只要有你還記得我，不就夠了嗎？」

衛凌靈抬眼，望見孫淨元平和的眼神，忽然心底升起巨大的不安。

他的直覺並沒有錯，如同他想以孫淨元爲優先，在三年前選擇犧牲兩人的孫淨元，這次選擇犧牲的是自己。

就在衛凌靈意會到的同一秒鐘，原本只是虛虛搭在他臉頰上的指尖完整地覆上。肢體接觸那瞬，共感核的光芒驟然大亮，壓倒性地奪走毫無防備的衛凌靈的意識，把他嚴密地壓在意識底層，不得動彈。

孫淨元奪走了白承安身體的控制權。

絕對共感時間開始倒數，衛凌靈的意識在白承安體內奮力掙扎，儘管孫淨元精神已有些渙散，仍咬牙忍耐著。

在太陽穴劇烈的痛楚裡，孫淨元抬眼望向一臉平靜的哥哥，「再見了。」

他沒有再勸說任何一句，因爲孫澈元不只是一座孤島，他單方面地切斷了所有橋樑與船隻，卻又自傲地認爲自己並不需要這些連結。

兄弟倆的目光在虛空裡輕輕一觸，又轉了開。

離開之前，孫淨元注視自己的身體最後一眼，屬於衛凌靈的嘴角，釋然地輕輕一挑。

至少這麼做，他不會再活在長久的愧疚之中，不斷回想起自己是如何犧牲衛凌靈來達到自己的目的了。

孫淨元控制著衛凌靈轉身離開，同時在通訊器裡發出五分鐘後炸彈即將爆炸的警告。

走廊裡廣播系統發出微微刺耳的雜訊，忽然傳出了他熟悉的聲音——是沈湘。

孫淨元微微鬆一口氣，這代表另一邊也完成任務了。

廣播系統的聲音條理分明，「本棟大樓在五分鐘內即將遭受爆炸攻擊，請有意願投降的共感者卸下武裝，盡速至大樓門口集合。重複一次，有意願投降的共感者都將獲得減刑或緩刑處理，請把握機會，在爆炸前卸下武裝到門口集合。」

共感者們見到大勢已去，紛紛投降，和糾察者們一起往出口奔逃。

「一零七號。」絕對共感的時間逐漸瀕臨極限，孫淨元一邊操控著白承安抗拒的身體和自己一起往前跑，一邊在此時很輕地開口：「你覺得我是個好糾察者嗎？」

不知道共感核是不是從原廠設定就自帶溫柔的特質，它勻速的機器音平平靜靜，「您當然是，即使三年後重回崗位，您的能力看起來似乎大不如前，您的努力大家還是看在眼裡。」

「我會想念你的，一零七號。」孫淨元抿唇笑了出來。他聲音從舒緩慢慢轉為堅定，「現在，我要你爲我做最後一件事情，完成指令後，我要你在共感核的機體裡永久刪除這項命令的所有細節，在我的大腦裡也一併抹除，不要留下任何備份紀錄。無論是誰要求，即使是我本人，任何情況下都不得回溯這段記憶。」

共感核分辨不出這個擁有和主人一樣基因的人並不是本人，在例行的安全性確認後，答應了主人最高權限的請求。

精神漸漸支撐不住，孫淨元開始嘗到嘴裡絲絲擴散的血腥味，卻還是堅持控制著衛凌靈的身體，一步步朝出口走去。

就快到了。

孫淨元的五感開始像一張皺縮的網，一寸寸後退收攏，意識被折疊起來，封入潛意識裡。在最後幾步路，他終於逐漸脫力，隨著衛凌靈意識強烈的反抗，絕對共感就此停止。

白承安的雙眼睜開，轉身撲了上來。

幸好，時間已經足夠……

驚天動地的爆炸引起快要震破耳膜的鳴聲，乘載著尖端科技，卻劍走偏鋒到自我毀滅的實驗室墜入一片火海。來不及逃出的人和那些不及見光的實驗品，還有那個沉睡的少年身體，一起燃燒殆盡。

漫天的火光裡，孫淨元吃力地抬眼，衛凌靈用白承安的手抓住了他，同時，他似乎也聽見沈湘的大吼，還有阿進微弱的應答聲。

孫淨元微微一笑，他還是很幸運的，他消逝在一個夥伴都在身邊的時刻，比起當年孤零零待在一堆爾虞我詐的血親之中迎向消亡，這次他更不孤單、更無遺憾。

啊，或許還是有遺憾的。孫淨元勉強側過頭，望向衛凌靈的方向，像當年爆炸前，他抬頭注視的最後一眼。

……對不起，不過至少這次，我保護了你。他在內心無聲地說著。

衛凌靈剛剛從共感裡掙脫出來，目光仍然渙散，抓著他的手卻十分用力，「你做了什麼?你答應過我的！」

他努力說出最後一句話，「我答應過會保護你，我、我沒有食言。」

五感漸漸失去，視覺首先消散，孫淨元再也看不到衛凌靈的臉上是什麼樣的表情，只能聽見衛凌靈絕望的語氣，語無倫次地重複著同樣的句子。

「孫淨元……你不要死，好不好……」

衛凌靈用白承安的嗓音說出的最後那句話，穿透斑駁五感裡殘留的聽覺，傳到孫淨元即將消散沉睡的意識裡。

最後，連聲音都再也聽不見的時刻，孫淨元只能感受到衛凌靈緊緊握著他的手。

面對過那麼多生死的人，此時手指劇烈顫抖著，有什麼溫熱的濕意一點點打在他們相握的手，無聲滑落。

共感核溫和卻不容抗拒的力道繼續將他的意識往下拖，直到墜入黑暗，觸覺消失之前，孫淨元最後記得的，就是衛凌靈眼淚的溫度。

✻

重要的人離去後，即使時間並沒有過去很久，也像恍然來到另一個塵世，時空都已顚覆。

皮靴落地聲在走廊盪開。

「醫院通知他終於醒了？嚇死我，衛凌靈到底昏迷了多久？」

「三個禮拜左右。」

「還算幸運，我還以爲他要跟孫淨元一樣昏個一年半載。」

「阿進，你能不能對已經過世的人多點尊重？」沈湘停下腳步，回頭瞪一眼依舊口無遮攔的搭檔。

阿進仗著自己也是死裡逃生的傷患，沈湘不能上手打，有恃無恐回他一個微笑。

「但是白承安突然昏倒後，還是一點醒來的跡象都沒有。」沈湘呑下一聲嘆息，「大概是最後一戰時腦部有深度損傷，醫生說他的腦內沒有任何意識反應，未來醒來的可能性也很低。」

阿進抿起唇，眼角微微一紅，難得靜了下來。

兩人一起走過走廊最後一個轉角，敲響局長辦公室的門。

孫家案件驚天動地地結束後，投降的共感者都已受到當局列案管控，可惜以他們身體的不穩定程度，醫療單位評估他們大多剩下五六年的壽命而已。

局長本來抱著一絲希望，人證已死他就可以全身而退、死裡逃生，沒想到孫澈元不愧是玉石俱焚的老手，行事完全不留後路。一封被設定在他死後公開的電郵一夕之間傳到了所有媒體與政要官員的通訊器裡，裡面密密麻麻、圖文俱全，全都是局長和孫澈元勾結的犯罪證據。

人都已經過世了，還是硬生生從墳裡伸出隻手，把這個昔日貪得無厭的共犯拖下了水。

不到三日，局長灰頭土臉地辭了職，沈湘和阿進推門後就看到一地打包中的狼藉，局長在最後一刻還是不忘利用職權，讓他們兩人過來幫忙打包。

即使遭逢突然升遷又突然被開除的人生變化，局長看起來也還是頗有精神，討人厭也做到有始有終，他們一致認爲應該不太需要擔心局長。

又過了幾天，他們去探望久躺甦醒後開始復健的衛凌靈。隱隱約約感覺到那人身上有什麼東西甦醒了過來，和過去沈湘那個放肆妄爲，偶爾有些旁若無人的搭檔形象更加重疊在一起。

似乎一切都回到了正軌之上，只有衛凌靈知道並不是。

爲了不影響終於逐漸轉向平靜的局勢，他沒有把兩人身分的祕密公開，復原到差不多後，獨自爲孫淨元舉行了簡單的葬禮。

衛凌靈在葬禮前回了一趟家裡，同居了這麼長的時間，這是他第一次走進孫淨元的房間。

孫淨元的房間收拾得意外整齊，環顧四周時，衛凌靈終於明白是爲什麼。

他認爲這是寄居的人生，隨時可能結束，所以下意識不想用衛凌靈的身分在世界上留下太多痕跡。

房間裡唯一一個可以透漏孫淨元眞正身分的，是一只孤零零的玻璃盒。

衛凌靈打開盒蓋，取出裡面躺著的一枚金屬袖扣。

爆炸當下，彈飛到眼前的這枚釦子被他收入手中，在孫淨元的意識轉換到自己身上後，他也將釦子帶走了。

而放在一旁的玫瑰是眞花，早已頹然枯萎，花瓣散了一桌。

衛凌靈咬著牙，將釦子緊緊壓進手心。

葬禮十分安靜，因爲孫淨元所有家人都已亡故，又少有人知道他曾經在對抗共感者的戰役上大力協助。葬禮只有少數當年參與爆炸安排的糾察者與愛喝花草茶的那位前前任局長出席致意。

出乎他意料，林心也來了。

她被救回後，聽說堅持和前任局長提出離婚，儘管對方再三溝通，還是答應簽字了。

這一次見面，林心的臉色肉眼可見地變得輕鬆不少，衛凌靈爲她遞上茶，自己卻沒有喝。

林心覷著他的神情，靜靜開口：「至少，你最後見到孫淨元一面了。」

衛凌靈蒼白的臉上哀痛一閃而逝，緩緩拉開一個不羈的笑容，「是啊，最後看了一眼，不然我都快要忘記他長什麼樣子了。」

林心觀察著他，聲音放得很輕，「你和前幾個月的樣子不太一樣了，感覺……更像你三年前還沒有出意外時的模樣。」

「您應該也看出來了，」衛凌靈聲音頓了頓，他從未告訴過前前任局長以外的人，但現在他迫切想要一個知道內情的人聽他分享，便決定把眞相對曾用心栽培他的教授和盤托出，「之前在我身體裡的人是孫淨元，不是我。我寄居在白承安的體內，他是孫家被改造過的實驗品之一，當年爆炸時他也在場。」

林心眼眸一閃，但沒有衛凌靈原先以爲的驚訝，「我看得出來那時候的你不太一樣，可我不認識孫淨元，所以沒有想過會是這種可能。」

衛凌靈輕輕吸一口氣，「以您對共感領域的理解，這件事情是可以被解釋的嗎？爲什麼唯獨我和孫淨元用那種方式活了下來？」

林心悲憫地注視他，緩緩道出：「現在我只能回推當時的情境，沒有人能知道正確答案。不過我認爲當時應該是你、孫淨元、白承安三人都同時重傷，意識脫離了身體。孫淨元是天生的基因者，你則是擁有強大的共感核，所以在意識即將消散之前，如同斷網的信號會自動搜尋下一個連接點那樣，你們的意識都重新找到了寄主。孫淨元的意識本能選擇了更熟悉的寄主，也就是你，而你的共感核爲你做出判斷，選擇了傷勢較輕、生存機率更高的白承安。然而白承安沒有這樣的幸運，在他瀕死的那一刻，他的意識沒有和你們任何一人的身體匹配成功，又沒有像清醒時那樣強大的入侵能力可以突破這樣的限制，所以他確實消散了。這個過程的發生完全是機率問題，即使把你們再次放到一模一樣的情境裡，也無法保證會有一樣的結果。在共感的世界裡，只差幾個毫秒、幾個意識信號電流的變化，結果就會完全不同。」

衛凌靈瞇緊眼睛，呼吸有些不暢。

林心輕聲問道：「那你又是怎麼回來的？孫淨元的意識呢？」

他手指輕輕碰上手環，輕飄飄的微笑似在壓抑痛楚，「因爲沒有記憶，這只是我的推測。共感核裡有一種功能，爲了保護時刻有被入侵危險的糾察者，可以在緊急的時候把意識封印進深層的潛意識裡，由共感核保護起來，說出特定的密碼後，才能將意識喚醒。」

林心差點打翻茶杯，「你是說，孫淨元的意識還在？封在你的潛意識裡？那你可以喚醒他嗎？」

衛凌靈終於伸手拿起茶杯，緩慢地啜了一口，掩去聲音裡的顫抖，「我做不到。我試過一切方法，但孫淨元做事一向決絕，他刪除了當時的所有記憶，共感核被下達最高權限的指令，我無法得知他用了什麼密碼封印意識。」

或許骨子裡孫淨元和孫澈元也有如出一轍的固執，對於認定的理想會毫不猶豫貫徹到底，即使要犧牲自己也在所不惜。

林心啞口無言，說不出勸慰的話。

良久，衛凌靈卻反而對她露出一絲微笑，「教授，很有趣的是，我之所以會推測他的意識還在，只是被封印起來，是因爲我發現，某種程度來說他與我是共存的。」

花草茶濃郁的甜香充斥鼻間，他第一次理解這種飲品的可口之處，好像一個藏在他意識深處裡的幽靈，無聲無息取代了一部分的他。

「我是用絕對共感回到我的身體，過去我們都以爲絕對共感只能單向，終究必須回到自己的身體裡。可是也許是因爲我原本的身體在那一刻已經成了只剩下潛意識的空殼，我的意識進去之後，沒有產生排斥。聽我的夥伴說，我昏迷了好幾個禮拜，也許就是在那段過程裡，我的意識才終於完全融回身體。」

也就是說，孫淨元當時在即將爆炸的房間內，即使可以回到他近在咫尺的身體，也沒有辦法在這麼短的時間內完成意識與身體雙方的融合——他的消亡避無可避。

兩人靜了下來，各自沉溺在思緒中，直到衛凌靈輕輕問出最後一個問題，「教授，您做了這麼多年的研究，我想知道，擁有共感基因的人，是不是無法用意識控制自己的犯罪衝動？他們是不是……注定成爲傷害別人的犯罪者呢？」

林心淡淡笑了出來，「我從來沒有提過，我被孫澈元囚禁時，是一個幫他做事的共感者給了我定位器，讓我有機會對外求救。她或許犯過許多罪行，雖然功過無法相抵，但一個人是善人還是惡人，並不是用粗暴的二元分法去判別。」

衛凌靈微微瞪大眼，聽林心繼續說下去。

「我在課堂上教了學生這麼多年，告訴他們共感者有多危險，然而那位救了我的共感者，還有在白承安體內的你、天生是共感者的孫淨元，現在已經證明不該擅自給共感者貼上危險的標籤。基因是硬體條件，不過每個人最後決策的依歸，仍然是意識這套主控軟體。」

午後的陽光懶洋洋地為兩人的茶杯鍍上一層燦金。

沉寂中，衛凌靈抬起眼，看林心輕輕張口：「所以我的答案是，沒有所謂的注定，基因決定了你是誰，而意識決定了你能成為誰。」

陽光眩目，衛凌靈眨著眼，把眼底的酸澀逼回去。

你聽到了嗎？孫淨元，你並沒有被天生的基因決定你的路，而是用你自己的意志，選擇了你想要成為什麼樣子。

「這才是意識最珍貴、最無可取代的地方。」

⁂

時間無聲流淌。

陽光灑落，新一代的糾察者正緊張地在大廳等待，等候號稱最強的糾察者衛凌靈前來考核。

當衛凌靈出現在眼前時，他們緊張的眼神小心翼翼看了一眼又一眼。衛凌靈的身形挺拔，眉目慵懶中透著股鋒利的勁道，看上去確實名不虛傳。

唯有一點奇怪，他身上的糾察者制服非常完整，然而不曉得為什麼有一枚袖扣似乎是舊的，在一身整潔的制服上有些許突兀。

他們不知道，此時一零七號柔和的聲音在衛凌靈腦內漾開，帶著點頑皮又無傷大雅的笑意。

「早安，這裡是以孫淨元性格爲人物設定的共感核一零七號。請問主人今天有什麼命令呢？啊，偵測到心律不整，該不會還在生我的氣吧？」

後輩們看見糾察者原本冰冷的表情融化了一點，又融化了一點。

每個曾經存在過的意識都不會消失，它們會歸於宇宙電波中，歸於記得它們的人的心底。

永恆不滅。

「準備好了嗎？」衛凌靈望向眼前表情青澀但堅毅的新一代糾察者們，「從現在開始，是絕對共感時間。」

全文完

番外一　致親愛的搭檔

「所以說，到底爲什麼會是共感核來負責主辦團隊活動？」

夕日低垂，暈黃光線攀上阿進搭在沙發椅背的手。緊接著，那隻骨節分明的手拎起一張宣傳單，單子上煞有其事的工整字跡加黑加粗，在過度明亮的西曬裡隱隱可以看見「員工旅遊」這幾個字。

共感核雖是出色的人工智慧，畢竟專職是與共感者打架，離主辦團隊活動的技能遠了不只一點。所以面對他的質疑，糾察者休息室裡的人難得都同意地點點頭。

「不是我說，親愛的一零七號，你的審美也太死板了，宣傳單一點旅行的氛圍感都沒有，而且這年頭誰還會用眞的紙啊。」白承安就事論事地評斷。

一零七號馬上一本正經回應：「人類大腦能夠接收的訊息有限，我是爲了讓大家可以一眼看懂資訊，才會採用極簡都市冷色風格。」

「什麼都市風格，這不就是純粹的白底黑字嗎！」

沈湘冷冷睇過一眼，抛開傳單，「有問題的是那個爲了省事，讓共感核負責規畫團隊活動的人。」也就是那個上任後正事一概不沾邊、能躲則躲的新局長。

衛凌靈看一眼宣傳單，因爲糾察者必須錯開旅行時間，避免臨時有狀況發生，旅程很短，只有兩天一夜，地點在一處深山裡的木屋度假區，「如何，你們要去嗎？」

阿進把宣傳單摺成紙飛機扔出去，機翼滑翔出一道優美弧線，在墜地前被白承安一把撈起，「去啊，雖然不是出國的豪華行程，但可以玩的話誰要選擇工作。」

白承安笑嘻嘻舉手附議：「我好不容易通過糾察者考核，難得有免費員工旅行的機會當然要蹭一下。」

衛凌靈看他一眼，「那我也去。」

三雙眼睛同時轉向沈湘，他不耐煩地嘖了一聲，轉開臉，「隨便。」

阿進從沙發起身，搭上他的肩，「這就是要去的意思，一零七號，幫我們四個登記吧。」

一零七號的電子眼愉悅地一閃一閃，「太好了，感謝各位給我增加四個名單做業績。」

「你們這些主辦的共感核還會比業績？」

被奴役的共感核絲毫沒有被壓榨的感覺，無比眞摯地回應：「局長命令，業績沒有達標的共感核會被格式化，爲了和主人您有更長的相處時間，我會努力拉夠多人來參加員工旅行的。」

「……眞是熱血，加油。」

阿進和白承安早就歡快地聚在一起討論員工旅行的地點和預計帶去玩的遊戲機。

沈湘嘴角微微一抽，衛凌靈察言觀色，在他身邊輕輕開口：「就讓他們放鬆一下吧，畢竟前陣子案子這麼多，他們也很辛苦。」

「我知道。」沈湘難得沒有反駁他，他們嬉鬧的畫面落進眼底，微微柔和了平日總是緊繃著的神情，「我們……其實也很少有機會能純粹地聚在一起。」

糾察者枕戈待旦，鮮少能真的完全放鬆，更多時候他們都是輾轉在惡夢與鮮血裡，生怕一不小心就必須目睹生命在眼前消逝。

非任務以外的時候，全體會聚在一起的契機點，往往是在誰的告別式上。

衛凌靈三年前重傷住院那次，沈湘和眾多糾察者一起去看望他，在傷患沉睡的面容前，他也曾想過一樣的問題。

下一次有機會可以和朝夕相處的夥伴像這樣不管工作聚在一起，會是什麼時機點呢？

哪怕衛凌靈此時在他身邊活蹦亂跳，他也依然感到惆悵，想起曾經有個老前輩說過，糾察者必須熟稔於面對離別，無論是對別人，或是對自己。

「要來填住宿表了，是四人房通鋪的小木屋房型，我把我們四個的名字都寫上去喔。」平常工作沒有多認真，這種玩樂時刻就特別起起勁的阿進說道，同時飛快在表上打上名字，像是怕沈湘反悔一樣。

沈湘馬上皺眉，「不能住單人房嗎？」

「大少爺，你毛很多耶，像我這樣有潔癖的都沒有嫌棄了。」

「你哪來的潔癖？上次在休息室亂丟臭襪子的是誰？」

沈湘扭曲著臉，衛凌靈笑著拍拍他的肩，在他們吵起來之前帶著白承安溜之大吉。

※

出發那天集合時間很早，天邊還濛濛染著青白光澤，衛凌靈和白承安一起從租屋處出發。

因爲是旅行，所有人都難得換下平常肅然的制服，乍一看，竟還要花些時間才能辨認出誰是誰。

衛凌靈在一零七號和白承安異口同聲的聯手說服下，放棄了那身破舊的居家行頭，改換了件簡單的寬大灰色T恤，配上乖順垂落的瀏海，看上去竟像個清爽的大學生。

白承安穿了件花色斑斕的襯衫搭配俐落的緊身牛仔褲，屬於少年的活力氣息盡顯。

阿進就更誇張了，巨大華麗的墨鏡搭在頭上，迎著晨曦閃閃發光，顯眼得像隻囂張的青蛙。

沈湘這麼想著，也確實把想法如實說出了，馬上換來阿進的激烈抗議。

一行人吵吵鬧鬧上車，木屋度假區很遠，途中阿進和白承安霸占著麥克風輪流扯開喉嚨熱唱，吵得人耳朵生疼。

衛凌靈靜靜地分了一對耳塞給沈湘，這對老搭檔互看一眼，很有默契地選擇撇過頭，無視各自搭檔戳向他們，慫恿一起開口唱歌的麥克風。

衛凌靈望著車窗外流逝的風景漸漸脫離都市，心神完全被占據，鼻尖都要貼到玻璃上，直到白承安把頭搭上他肩膀，他才恍然發現車裡已經安靜了下來。

大多數人都已經在長途車程裡墜入夢鄉，白承安也關了麥克風，靠在他肩上用氣音問：「你在看什麼，這麼入神？」

衛凌靈讓開一點空間，讓座位靠走道的白承安也能看見窗外風景。整齊的農田鋪開一片連綿的波浪，有黃有綠，交織成討喜的棋盤狀，像一條巧手織成的拼布。

田野之外，天際邊蔚藍的色澤洶湧起伏，車子繞過山石的轉角後，眼前豁然開朗，一望無際的海映入眼簾，藍得彷彿快淹沒整片天空。

白承安伸手隨意劃過玻璃，「雖然漂亮，但也只能算是普通的風景，值得你看得這麼入迷嗎？」

「對我來說，一點也不普通。」

因爲和都市逼仄的視角不同，和地下實驗室裡四方的白牆也不同；因爲身邊是親密信任的戰友，而不是需要時刻防備的共犯。

衛凌靈輕輕張口：「我很少有機會可以到郊外，這次能和大家一起出來玩，我很開心。」可以和你一起出來玩，我很開心。

白承安打了個呵欠，困倦地把頭靠上他肩膀，「那你繼續看，到了叫我。」

木屋區實在太過偏遠，等到抵達時，居然已經是下午時刻。下午的行程很簡單，機器人領著他們到木屋周遭的風景區簡單逛了一圈後，剩下都是自由活動時間。

阿進早就查好木屋四周的景點，活力十足地拉著他們來到附近的牧場，一起在販賣機裡買了乾草，吸引旁邊的羊群。

天空中的雲朵懶洋洋漂浮，圓滾滾的綿羊和雲的步調一致，悠悠哉哉地漫步過來，探頭啃起他們手中的乾草。

沈湘伸手輕輕撫過羊群厚實成團的毛，轉頭就看到阿進在看他，「怎麼了？」

「沒什麼，只是好像很久沒有看到你這種表情了呢。」阿進認眞地打量他，「不皺眉、不咬唇，很單純就是因爲一件事情開心的表情。」

沈湘淡淡揚唇，又拆了一包乾草，「我平常會生氣不都是你惹的？」

「你不覺得那是因爲你太容易被激怒？」阿進用手撥開兩隻爲了爭食而推擠的羊，「話說回來，我們成爲搭檔多久了？你還是這副老樣子。」

沈湘俐落地將最後幾根乾草塞進羊隻嘴裡，把包裝袋捲成一團，隨意地揚手，袋子完美落入垃圾桶內，「現在是什麼談心時間嗎？省省吧，太不像我們的風格了。」

他轉身離去，無視阿進聽完後對他做的鬼臉。

阿進並沒有看到沈湘走遠時，臉上微微流露的笑意。

旅行的時間總是特別快，加上安排行程的共感核走的是極簡風格，晚上用完餐後也是自由時間。白承安和阿進早就窩在客廳沙發上準備玩遊戲，正要打開電視，電源忽然嗡的一聲斷了。

四周一片漆黑，遠方木屋裡尖叫聲此起彼落，阿進直接丟開遊戲手柄竄到沙發上，抱緊白承安死命尖叫。

「閉嘴，吵死了。」沈湘一巴掌快狠準打下來，阿進直接咬到嘴唇，痛得眼角飆出眼淚，可惜黑漆漆的，誰也看不見。

彷彿是爲了增加這恐怖片般的氣氛，窗外淅淅瀝瀝的雨聲驟然放大，白天還是晴朗的天空此時下起大雨，爆裂般的密集聲響幾乎遮蓋住衛凌靈的聲音，「都小心不要跌倒，先坐下來吧，應該只是跳電而已。」

微小的光圈驟亮，沈湘俯身用打火機點燃原本只是裝飾用的香氛蠟燭，但是等了好幾分鐘，直到阿進都冷靜下來了，電力依然沒有回來。

隨燭芯燃燒，沉穩的雪松香氣逐漸擴散，安撫著大家緊繃的神經，幾人也慢慢熟悉黑暗，在暗影裡大眼瞪小眼。

哪怕這年代科技再發達，沒有電遊戲也玩不了、電視也看不了，他們驟然回到原始人狀態，只剩下桌上一只顫巍巍的蠟燭可以盯著。

受不了這種什麼都做不了的氛圍，白承安率先開口：「不然我們來講故事吧，看誰想要提供一段封緘好的記憶，隨便分享點什麼都好。」

「要分享什麼？一時之間根本想不到。」

共感核悠悠開口，又嚇了阿進一大跳，「既然員工旅行的目的是增進團隊凝聚力和對彼此的了解，就分享一則沒有告訴過其他人的故事吧。」

衛凌靈哭笑不得，「太突然了吧？」

然而當他回過頭，卻發現阿進意外地在認眞思考。

不久後，對方拍了下掌，得意洋洋地撇一眼沈湘，「我已經想好了，如果你們都還沒有想分享的記憶，就來看我的？」

白承安率先響應，記憶需要用共感核連接來觀看，他僞裝成耳釘的共感核散出瑰麗的銀光，照亮他閃閃發亮的眼睛。衛凌靈無奈地跟進，而沈湘最後望一眼阿進笑嘻嘻的臉，輕輕抿了下唇。

雖然他絕對不會表現出來，不過他其實也很好奇，這個看起來總是不太可靠的搭檔，究竟都有著什麼樣的故事？

共感核的光芒漸漸亮起，他們同時被拉入宛如眞實情境的全息記憶中。

幾人的視角望著鏡子裡的少年，都先驚嘆了一下。原因不只是鏡子裡的阿進看上去十分端正嚴肅，秀氣的臉龐完全沒有平常嘻笑的樣子，還是因爲那鏡子和四周的裝潢都極其華麗，完全不像一般家庭會有的樣式。

阿進對著鏡子紮好襯衫下襬，換上公式化的笑容後，轉身走出洗手間。走下旋轉樓梯後，底下挑高寬敞的大廳裡正舉行著宴會，一對夫妻向他招手，看那肖似的五官，應該就是阿進的雙親。

他走過去，彬彬有禮對夫妻身邊的陌生貴婦人點頭致意。

「你們的兒子也長大了呢，看起來一表人才……」

阿進的視線游移著，顯然心神已經逐漸飄遠，直到貴婦人手撫上他肩頭，「你現在在做什麼工作呢？」

不等阿進回答，他的媽媽已經搶先回應：「他是糾察者，專門逮捕那些共感者壞人，我兒子非常英勇，已經立下很多功勞了呢。」

陌生婦人的表情僵硬了下，「這樣啊，糾察者最近是有滿多執法過當的爭議……不過我相信你們家兒子不會是那種亂來的糾察者啦！」

婦人客套幾句後就離開了，她一走，阿進的媽媽嘆了口氣，「馮御進，聽到了?你畢業時我跟你爸就說過，去考個什麼司法官都好，爲什麼要去做糾察者呢。不只危險，整天打打殺殺的，社會大眾的觀感也不好。」

「您剛不是說我很英勇?」

「還頂嘴!我跟你爸年紀也大了，你遲早要回來繼承家業，糾察者就隨便做一做就好，不要太認眞，你的性命安全是最重要的。」

阿進懶懶應聲，顯然沒有再多聊的意思，沒過多久通訊器忽然響起來，他瞄一眼訊息，「隊裡臨時有狀況，我要先過去一趟。」

「這麼趕？你這什麼工作啊，哪有天天臨時叫人家回去加班的……」

但阿進已經沒有在聽，而是奔跑著去開車。記憶之外，沈湘從一開始懶散看著的姿態，轉成了聚精會神地直起背脊。

他想起來這是什麼時候了，雖然只是從阿進的視角來看，不過那則傳到公開群組的求援訊息他有印象，因爲那道訊息，是他發出的。

是他在衛凌靈去臥底之後、和阿進成爲搭檔之前，獨自一人出任務時的情景。

那時他誤判情勢，爲了追趕共感者，闖入地形、環境全都陌生的社區，被眾多共感者圍困，不得已只好發出求救訊息。

然而救援來之前，他就先被共感者發現，纏鬥中傷重昏迷，再醒來時就已經在醫院裡了。

他從來不知道，也從沒有人告訴過他，原來當時執行救援任務的人就是阿進。他只記得醒來後得知那群共感者沒有一個落網時，對於援兵有許多不滿，「爲什麼都來現場了，還沒有抓到任何一個共感者？」

總部裡的人都曉得他脾氣不好，沒有人願意蹚渾水，也就沒有人眞正和他解釋那天發生的事情。

沈湘被圍困的地方是廢棄的公寓區域，巷子十分窄小，車根本開不過去，阿進來不及把車子停好，直接把車子留在巷口就匆匆衝進去。

住宅區遮蔽物太多，共感核的訊號定位嚴重失準，阿進只能穿梭其中，試圖和沈湘的通訊器建立聯繫，然而全部的嘗試都失敗了。

詭異的寂靜裡，阿進喘著氣停下腳步，再次環顧四周時，耳邊捕捉到一聲很輕的笑聲。

他警覺地拔出了槍，雖然觀看的只是一段記憶，沈湘依舊忍不住繃緊身體，等候著隨時可能出現的攻擊。

廢棄公寓有許多沒有玻璃窗的窗口，黑洞洞的，看不清裡面是否潛伏著人。阿進猶豫了下，改爲聯繫總部，「這裡是任務五零三號，我是阿進，想再確認一次任務內容，只有一位共感者在現場嗎？」

正在聽著的沈湘倏然一驚。爲什麼他報出去的是被至少三位以上的共感者圍困，情報傳到阿進這一端時卻只剩下一人？

通訊器那頭回應的聲音懶洋洋的，「是啊，拜託，你該不會膽小到連區區一個共感者都處理不了吧？」

阿進握在槍上的手指緊了緊，語調卻還是輕鬆隨意地再次確認，「好了，平常開玩笑都沒關係，任務的事還是正經點吧。眞的只有一人嗎？」

「我騙你幹麼？好了啦，別拖延時間，趕快結束任務，不要摸魚。」

通訊被切斷了，幾乎在同個時間，阿進再次聽到那笑聲，本能地就地趴下，往旁一滾。

偷襲失敗的共感者站在原地，冷冷地轉了轉手腕，「你今天死定了，糾察者。」

阿進迅速撐起身子，抬頭一看。

記憶之外的幾個人頓時倒抽一口氣，白承安一邊觀看一邊捶了阿進一拳，「原來你也有自己單挑這麼多人的時候啊。」

「是啊，快看看我有多英勇威猛。」阿進癱在沙發上晃著腳。

記憶的畫面裡，當阿進抬頭時，最近的窗口全部都站滿了人，每個人臉上都是陰森森不懷好意的冷笑，隨便一數，至少也有十來個人。

沈湘全身汗毛都豎起，當時和三人交手後他就負傷昏迷，並不知道原來阿進面對這麼多共感者，甚至還是在毫無防備的狀況下……他是怎麼脫身的？

緊接著超乎三人預期，阿進連一點掙扎的力氣都沒多花，立刻拋下槍，跪下的姿勢端端正正，「求求你們！我還有家人要照顧，拜託不要殺我！」

求饒的姿勢實在太過熟練，共感者們一時竟也反應不過來。

剛剛的偷襲者冷笑著狠狠踹了他一腳，「糾察者裡也有這麼沒用的傢伙啊？這麼沒種，是怎麼混進來的？這個男的可比你勇敢多了。」

一具人體被像破沙袋一般重重扔出，阿進立刻看去，居然是沈湘昏迷不醒的身影，大片的血漬染深了那身藍制服，蔓延到柏油路上。

「你知道我當時在想什麼嗎？」

沈湘轉過頭，隔著全息記憶的投影，看見阿進臉上那似乎總是滿不在乎的微笑，搖搖頭。

「我原本只想著我不能死，但看到你的時候，我想著的都是如何讓你可以活下來。」

不等沈湘回答，記憶裡血腥的場景就拉回他的注意力。

拳腳如雨點砸落在阿進身上，他抱頭蜷縮在地，看上去卑微不堪。但沈湘看得出來，那是糾察者訓練教過的正確抗打姿勢，可以在無力反抗的時候保護好所有重要部位。

單方面的施暴不知道持續了多久，一群共感者才終於厭倦似地停了手，「嘖，這個人真的太沒用了。」

共感者們意興闌珊地交換了個眼色，眼見就要下殺手，阿進再次挺起血跡斑斑的身軀，跪了起來，果斷出賣同伴，「拜託別殺我！要殺就先殺他吧！」

白承安撐不住噗哧一聲笑出來，沈湘回頭瞪阿進，「這就是你說的英勇威猛？」

見狀，阿進笑而不語。

畫面中阿進還維持著跪坐的姿勢，沈湘跟隨著他的視線，可以看出他其實在拚命尋找突破口。

他們位於兩棟公寓之間的窄巷，空間非常狹小，兩邊還堆著如山的廢棄鐵桶，顫巍巍被幾個塑膠支架支撐著。

阿進掃了一眼，暗暗在心裡呼喚共感核。慶幸的是，他的共感核別在一條華麗浮誇的腰帶上，現在的姿勢恰好遮掩著，看不見共感核啓動時的微光。

他在心裡迅速盤算一輪，最先開始動手的共感者走來，挑釁似地拍打著他的臉，「喂，你跪下來給我磕個頭，我心情好，說不定就放你一馬。」

在如雷的嘲笑聲中，阿進居然眞的彎下腰，將額頭貼上地面。

沈湘瞇起眼，比現場的其他人都更快領悟到，阿進是藉著這個動作去拿最一開始抛下的槍。

他只有一次動手的機會，趁共感者們還沒反應過來，槍口沒有瞄準任何人，而是瞄準了塑膠支架。幾個點射，原本就瀕臨倒塌的支架應聲傾落，笨重的鐵桶滾落下來，砸向毫無防備的共感者們，也順帶擋去窄巷裡的通道。

在這短暫的空檔裡，他用共感核入侵身邊最近的共感者，不過居然不是壓制對方，而是操作他幫忙扛起沈湘癱倒的身影，拚命奔向巷口。

「就說你缺乏鍛鍊。」沈湘冷冷評價。

阿進不平地抗議：「你都不知道你一身肌肉有多重嗎？」

來不及拌完嘴，場景再次轉換。

「坐，喝茶嗎？」

局長辦公室裡，玻璃窗前映出阿進垂著頭的身影，「局長，您找我？」

「對的，我想問問你，好不容易立下在眾多共感者手下救走同伴的功勞，怎麼會想要辭職呢？」

「您也看了記錄吧？我都是單方面挨打，根本不敢還手，這樣的我實在不適合當糾察者。」

「如果不挨打，難道要單挑十幾個敵人嗎？」局長似笑非笑，「何況，我不信你沒想過，當下你只有這樣示弱，共感者才會分心拿你取樂，而不是馬上殺了你和沈湘。」

「但如果是其他更厲害的糾察者，比如衛凌靈的話，肯定可以想到更多更聰明的戰鬥方法吧？」

局長不置可否，「以往在糾察者的世界裡，逃跑常常被視爲懦弱，卻也因此增加了不少傷亡率，我不希望我的團隊成員變成只懂得暴力的殺人機器。」

阿進微微抬頭，局長繼續說下去。

「我當時制定糾察者戒律二的用意就是這個，執行任務應該以最小傷亡爲重，不只是對我們糾察者自己，甚至對共感者也是如此，不必要的犧牲都是種浪費。在我眼裡，你有其他所有人都沒有的特質，沈湘的做法或許可以走得更快，可你的做法可以走得更長久。」局長拿起辭職信，輕鬆地將他苦思幾夜的信件撕得粉碎，拋給門口的掃地機器人，「所以，我不只不准你辭職，還要讓你擔任沈湘的下個搭檔。」

共感記憶無聲消散，沈湘面無表情關閉共感核，朝阿進勾勾手指，「我們到外面聊。」

「不要，外面很黑耶。」

「電還沒來前，裡面外面不都一樣？」沈湘直接強行把阿進拖到客廳的小陽台外，關上霧面玻璃門，隔開白承安八卦的眼光。

「爲什麼不說那次的救援任務是你執行的？」

「要怎麼說？如果我說是我救了你，你一定不會相信吧。」

沈湘一時語塞。

阿進轉過身，現在外面雨已經停了，空氣裡都是沁涼的水氣，他用力呼吸一口，「你知道我爲什麼會成爲糾察者嗎？一開始只是想要反抗家裡的安排，故意挑一個爸媽聽了會皺眉的職業，很膚淺的理由吧？但成爲糾察者之後，突然發現我有太多不擅長的事情，我不敢對人開槍，共感核入侵人後只能操作簡單的動作，又很怕黑，還很怕……」

「行了，我知道你怕很多東西。」

阿進自嘲一笑，「所以那時局長要我成爲你的搭檔，我非常擔心，因爲我的資質實在和衛凌靈這樣的天才差太多了。」

剛成為沈湘搭檔時，他也曾經打開衛凌靈過往的訓練紀錄影片來看，越看越覺得衛凌靈是個天才。不管是身體素質還是大腦專注度等各項數值，作為凡人的自己怎麼追趕也追不上。

沈湘繃著臉，半晌忽然回應：「你幹麼拿自己跟衛凌靈比？還是有只有你能做到的事情吧。什麼都會的話，我們組成搭檔幹麼？」

阿進猛然扭頭看他，快得差點扭傷脖子，「你吃錯藥了？最常拿我們比較的不就是你？」

沈湘煩躁地瞪他一眼，那張正經時其實也頗清俊的臉帥不過三秒，又變成那個嘻皮笑臉的欠揍樣。

「話說，後來有查出情報為什麼錯誤嗎？」

阿進撫過欄杆上殘留的雨水，灑到沈湘臉上，再度收穫一個白眼，「聽說是討厭你臭脾氣的人想整你，結果沒有整到你，反而差點害死我。」

沈湘撇過頭，「如果沒有你，我大概會死吧。」

阿進又露出誇張的驚訝表情，「我沒聽錯吧？來，這話我喜歡聽，你多說點。」

沈湘毅然決然轉頭就走，不想再多跟阿進廢話，這時屋裡恢復了光明，白承安歡呼一聲，跑來拉阿進進屋打電動。

隔著客廳，他的視線對上衛凌靈，兩人心照不宣地對彼此笑了笑。

從前他和衛凌靈搭檔時確實過癮，出任務時幾乎不需要太多的思考或準備，倚仗著彼此的天賦與默契，把獵殺共感者當做令人興奮的比賽。

而後衛凌靈去孫家臥底，他也被迫開始與新的搭檔磨合。兩個自恃天賦的人才終於肯低下驕傲的頭顱，承認這世界上還有許多他們不懂的地方，搭檔的意義，就是在需要的時候互相補足這些缺漏。

回程的遊覽車上沈湘照慣例坐在阿進旁邊，難得矜持地接受了他的零食投餵，緩慢地在口中嚼著。

零食味道普通但耐吃，或許就像阿進在糾察者裡的角色，不是最亮眼，卻是不可或缺的存在。

窗外又是開闊海景，欲墜的夕陽懸在海面上，阿進微笑地探身過去把窗簾拉開些。

「偶爾可以這樣出來玩也不錯吧。」他又忽然想到什麼，探頭去問坐前面的同車夥伴，「一零七號，你還醒著嗎？」

「身為活動主辦者，我當然會等大家都休息才會休息。」奴性特別重的一零七號馬上亮起碧綠的電子眼。

「我問你，電源是不是你們計畫好故意切斷的？」

問句一出來，衛凌靈、白承安和沈湘立刻同時轉頭，眼裡充滿控訴。

共感核承認得很爽快，還理直氣壯反問：「如果不是我切斷電源，你們會願意好好坐下來聊天嗎?這是爲了達到這次員工旅行的目的，凝聚大家的團隊意識。」

夕照斜斜灑進車內，衛凌靈怒而禁言共感核和阿進抱怨停電嚇到他的聲音交織在一起，沈湘轉頭繼續望向窗外。

他認爲老前輩說得沒錯，糾察者必須熟稔於面對離別，但他們永遠不該習慣離別。

相反的，就是因爲畏懼離別，在眞正的離別降臨前，他能做到的就是把握每一次交集、每一次說話、每一個回眸的機會。

他沒頭沒腦地突然對旁邊的夥伴開口:「以後，不要不小心自己先死了。」

「你說話還是這樣呢，幸好我已經習慣了。」

阿進伸出手，沈湘不甘願地抿嘴，不過還是跟著伸手輕輕碰拳。

迎著光，阿進緩聲回答他剛剛的話，「知道，會努力活下去的，我的搭檔。」

暖黃色的餘暉落在他們年輕的臉龐上，悠悠的時光淌向未來，他們誰也無法預測，這些鄭重的誓言是不是眞的能敵過殘酷的現實。

至少，在被糾察者的命運追上之前，他們都會無所畏懼地奔跑下去。

番外二　另一種幸福的結局

我是共感核一零七號。

身為一枚優秀的共感核兼人工智慧，滿足主人所有命令、確認主人的安全與幸福，是我的首要任務。

在我被賦予全新的人格特質設定，正式甦醒過來的那一刻，我看到了我的主人，我在共感核龐大的記憶體裡搜尋了他的名字，認真地記起來。

他叫衛凌靈，傳言裡最強的糾察者，最大的功勳是成功殲滅利用共感者作惡多端的孫家。

在我甦醒之前的人格已被格式化，現在我體內的人格設定源自一位名為「孫淨元」的真實人類。為了好好演繹出他的性格，我讀遍記憶體數以萬計的大量影音資料，重塑出一個像孫淨元一樣的人——哪怕我其實沒有真正的身體。

在影音資料裡，我知道孫淨元的身體已經消逝的消息，也推導出主人之所以把我設定成這種性格的原因，應該就是為了紀念孫淨元。

人類會用自己認可的方式來紀念事物，這是一件有趣的事情，因為對我來說，過去的資料沒有用的話就得刪除，記憶體得隨時保持最佳效能的狀態。

我跟著衛凌靈生活與工作，偶爾會看見他突然恍神。為了更了解自己的主人，我把他恍神的樣子與資料庫裡無數的人類神情做比對，匹配度最高的有兩種情緒，一種叫做悲傷，一種叫做想念。

我恍然大悟，因為想念所以悲傷，也因為悲傷，所以更需要一個明確的依據來幫助他想念。比如以孫淨元為基礎設定的共感核，或者那枚他刻意戴在衣服上的舊釦子。

我沒有辦法為主人做些什麼，但我看得出每一次想起孫淨元，衛凌靈都顯得十分低落。

我想要幫助主人。

我再次仔細地翻看回憶，這次我找出了許多値得細看的片段。

我看到衛凌靈當初懷著沉甸甸的陰謀與決絕的目的來到孫家，卻發現眼前的少年比起傳言裡對共感者凶神惡煞的想像，更像一隻膽小易受驚的白兔。

衛凌靈則是一隻即將捕獵的掠食者，踏進森林時虎視眈眈，滿心想找出白兔的破綻。

只不過他忽略了，相較於貓狗，白兔是很會忍耐的生物。牠們常常身體到了再也撐不下去的極限，才會表現出病弱的狀態。

這是因為兔子更容易被獵食，這樣脆弱的特質由不得牠們露出一絲可趁之機的風險，所以面對威脅，往往會先選擇極力忍耐。

一開始，孫淨元對主人很防備。主人擅長廚藝，然而孫淨元完全不肯吃他煮的東西，表面上雖然客客氣氣，私底下卻常常把主人為他做的飯菜倒掉。

有一次，主人正好發現了。

在這些記憶片段裡，我難得看見衛凌靈有這樣的情緒反應，他在又一次給孫淨元做了西米露的甜點時，直接戳破了孫淨元偽裝出來的滿臉驚喜。

「明明不喜歡還要裝得開心，你這樣不會很累嗎？」孫淨元睜大眼睛，衛凌靈直接在他面前喝了一大口，「如果喝了覺得不好喝我可以理解，但連喝都不喝一口，你是擔心我會毒死你嗎？」

少年一臉無措，猶豫很久才小心翼翼捧起碗，喝了一小口。驚豔的神情一閃而過，連我也看得出來他喜歡那味道，他閃閃發亮的眼睛像找到寶物的小動物一樣純真可愛。

衛凌靈用紙巾為他擦去嘴角的痕跡，鄭重地告訴他，「如果想要什麼就明確說出來，不喜歡就直接拒絕，在我面前，你沒有必要偽裝成特定的模樣。」

孫淨元抬起頭，小聲問衛凌靈，「你為什麼要為我做到這樣？」

我知道最誠實的答案是因為衛凌靈當時需要取信於他，以便找出孫家人的破綻。

可也許是他問出這個問題的樣子太過真誠，我讀到記憶裡的衛凌靈在回答時，心跳亂了節奏，「對你好一定要理由嗎？我就只是想和你成爲朋友而已。」

在那之後，孫淨元漸漸肯吃幾口他做的東西，和他的關係也越來越好。

儘管共感核裡內建的情緒設定已經有非常多的參數和歷史模型，這些依然比不上我在反覆翻閱記憶時漸漸理解的、屬於人類的情感變化脈絡。

曾經花費長時間建立起的關係驟然被中斷，對人類來說是難以忍受的疼痛。

我想，我終於更能理解主人把我的性格設定成和孫淨元一模一樣的原因——我是他與孫淨元間搖搖欲墜的最後一個連結。

現實的時間不斷流動消逝，新的一批糾察者們也加入團隊。衛凌靈除了在第一線執行勤務以外，開始需要花更多時間在培訓和帶領新人身上，我被運用在戰鬥的時間也越來越少。

更多時候，衛凌靈把我當成一般的人工智慧，不過我總覺得他和我說話時，是在尋覓孫淨元存在過的痕跡。

既然這是主人的需求，我會使命必達。

我找到一個製作仿眞機器人的店家，將孫淨元的照片傳送過去。

製作一個和眞人一模一樣的機器人是違背法律的。不過法律只對人有用，我以共感核的身分執行這項犯罪行動，哪怕受到懲處，頂多也只是被銷毀或格式化而已。

爲了主人，我在所不惜。

於是，在孫淨元週年忌日那天，我準備了一個禮物給衛凌霻。

在衛凌霻打開門回到家的時候，他的腳步頓在門口。

那是一個等比的機器人，它有孫淨元的樣貌，還有我遠程操作投射的孫淨元的性格。

如果忽略它冰冷的皮膚和永遠平穩的情緒，它就是栩栩如生的孫淨元。

衛凌霻不敢置信地走過去，我遙控啓動了機器人，讓它抬起手，輕輕和衛凌霻伸出的手掌相握。

那一瞬間，冰涼的觸感馬上讓他回過神，縮回手，語調嚴厲，「一零七號，你哪裡來的錢做出這個？」

製作一個擬真機器人需要鉅額費用，我判斷著他的憤怒點，頓了下才在詞彙庫裡挑選出合適的回應：「我駭進一個富豪的帳戶，竊取了他的一筆錢。您放心，我完全沒有動用到您的戶頭，而且他的帳戶總額度很大，我也已經弭平偷竊的痕跡，不會被發現。」

「你知不知道這是犯罪？做出和孫淨元一樣的機器人是犯罪，偷別人的錢也是犯罪。」

我如實提醒他，「如果您報警的話，這具機器人就會被發現。」

一旦被公諸於世，這具長得像孫淨元的機器人肯定不能被留下，我相信主人也知道。

他聽完後沉默許久。

我向來對自己的決策能力十分有自信，我是最昂貴最先進的科技產品，我應該從不犯錯，然而緊接著主人充滿怒意的聲音讓我知道，我似乎做錯了什麼。

「你為什麼要這麼做？」

「我只是想讓您開心。」

這是許久以來，我第一次看到衛凌靈如此生氣，「你做了一個複製人來期待我會開心？擬眞機器人之所以被禁止，就是因為這樣的行為嚴重違反倫理！」

我感到困惑，第一次覺得共感核擁有的強大運算能力不堪使用。

衛凌靈見到孫淨元應該感到開心才對，為什麼在最初短暫的驚喜之後，我偵測到他的情緒變得更加沮喪悲傷呢？

他抿起嘴走向機器人，我遙控著孫淨元的機械軀殼，對衛凌靈說了句：「不要丟掉我。」

衛凌靈向來是非常堅毅果決的人，但此刻我清晰地感受到他的動搖。他停下腳步，扶著額角，遠遠駐足。

它試探地朝他走過去，像眞人肌膚一樣外觀的機械手臂再次抬起，溫柔地撫上他的頰側，「對不起，我不能讓你開心。」

這是我從無數筆數據資料裡萃取出的，孫淨元面對這種情境應該要有的舉動。

我太過了解他的每一種行為模式，每一句可能會說的話，而現在有了可以控制的機器人身體，我終於能把完整的孫淨元演繹出來。

衛凌靈終於忍不住低下頭，苦澀的話幾乎是從齒縫中擠出，「這不是你的錯，不要道歉，孫淨元。」

溫柔的孫淨元仍然一再道歉，直到衛凌靈伸手將它抱進懷裡。

我訂製機器人時也遵照了孫淨元的身高體型，所以當衛凌靈擁抱它時，我偵測到他劇烈變動的心跳。

如此酸楚又震撼的頻率，讓沒有七情六慾的我，也感受到這個人類同時之間有多悲傷與欣喜。

「你爲什麼不能眞的回來呢？」

我聽到衛凌靈輕輕的低語，操控著孫淨元的嘴回答，「我雖然沒有眞的回來，但我可以用我的方式陪你。存在過的記憶和時間並不會消逝，是因爲你還記得我，我才會回來。」

孫淨元溫柔的嗓音飄散在空中，那是我根據孫淨元之前的音檔紀錄，調整測試過無數次後終於配出來的。

⁂

衛凌靈最終並沒有丟掉孫淨元的機器人。

爲了讓這個「孫淨元」隨時保持最新、最相似的狀態，我將它的感官與操控完全控制在手上。我每天觀察到的新數據或知識會讓我不時修改性格設定的參數，機器人就像我的提線木偶，照著我給它的設定和指令行動。

衛凌靈每天最大的情緒變化，往往是跟孫淨元機器人互動的時候。

「你回來了？」孫淨元機器人每天都會到門口迎接衛凌靈。

我把它設定成和他們初遇時類似的樣貌，乾淨而溫柔、對家事一竅不通、沉默寡言。每天衛凌靈下班後，它就會默默跟前跟後，彷彿把衛凌靈當做它唯一的重心。

他也確實應該是它的第一優先。機器人，尤其是人工智慧控制的機器人，都需要有一個判斷事情優先順序的架構，用人類的話來說，就是價值觀的衡量。

我對機器人的價值觀設定非常單純，它的所有行爲目的就是要讓衛凌靈重溫他和孫淨元的時光，幸福地生活下去。

所以它會用溫柔乾淨的眼神望著衛凌靈，「可以和你待在一起，我很開心。」

但衛凌靈原本還算平穩的情緒在聽到這句話時，卻驟然轉爲低落。

我不明白爲什麼有這樣的變化，在心裡一次次模擬分析，又回去比對以前孫淨元的影音紀錄，才有了個模糊的猜測——孫淨元當時，並不是抱著要讓衛凌靈幸福的想法和他互動。

他雖然是隻兔子，卻是隻有原則、有目標的兔子，他處心積慮的算計和試探，並不亞於當年迫切想要找出共感者破綻的衛凌靈。

所以孫淨元不會這麼配合地說出這類和衛凌靈在一起會感到開心的話。他會隱藏、會閃躲，直到衛凌靈將他糾結的思緒一語道破，這才是他們往常的相處模式。

我在恍然大悟的同時，也開始思考怎麼修改我的設定。

之後衛凌靈回家後，會發現它自己待在房間，望著窗外的夜景發呆。

「你怎麼了？」他輕輕問道，像是真的把孫淨元機器人當做一個活生生、有情緒的人類。

「我想出去看看，可以嗎？」

它回過頭，那雙眼睛的製作材料聽說在所有身體原料裡算數一數二昂貴，也因此才能做出比擬人類的萬千種眼神。

此時它的視線落在衛凌靈臉上，水潤的黑眸顯出一絲毫無保留的天真，對於衛凌靈而言，這就像重播他過往的記憶。

我本來以為依衛凌靈的行為慣性他會答應，以前他在孫家時，面對孫淨元偶爾問他能不能帶自己出去，無一例外都是一口應下。

哪怕當時在孫澈元的控制下，要帶孫淨元出去玩並非易事，衛凌靈還是能想出辦法繞過監視器，帶終日被困在地下室的孫淨元出去曬曬太陽。

但出乎我預測，面對機器人的請求，他搖搖頭，輕輕握住它的手，「對不起，我不能讓你出去。」

孫淨元機器人嘴角下撇，眼底蓄積出一層薄薄的淚光，又倔強地別過臉不讓衛凌靈看到。

即使知道這個孫淨元是假的，衛凌靈此刻的情緒變化也如此眞實。

他將機器人緊緊擁進懷裡，我在它身上設定了痛感的感測功能，所以當主人用力抱住它時，窒息般的痛楚透過我們共享的感官探測器，同時傳到我身上。

那是一個用力又絕望的擁抱。

我開始有些猶疑，如果我創造這個機器人的目的是希望衛凌靈幸福，爲什麼現在的他看上去似乎更難過了呢？

他手臂的力道絲毫未減，我開始感到不適，卻還是勉強忍耐著，沒有讓機器人掙脫他。

從那天之後，衛凌靈對孫淨元機器人更加溫柔。

因爲它完全不能離開大門，衛凌靈不在家的時候，孤零零的機器人會在房子裡遊蕩。

我留了一定的自主權給它，所以它可以任意地穿梭家裡每個空間，甚至如果它想，它也可以自己打開電視看、打開遊戲來玩。

當時我沒有預想到，這樣的自主性會帶來什麼危險。直到有一天，我在和衛凌靈出勤時，連通著家裡電子管家的偵測系統突然大呼小叫起來。

我將監視器畫面投出來給衛凌靈看，畫面裡赫然是倒地的機器人。

這是衛凌靈長久以來最失態的一次，他放棄了任務，請沈湘他們幫忙收尾，倉促地趕回家。

孫淨元機器人倒在廚房地面，雙眼緊閉。機器人損傷後會進入深度休眠模式，供電會優先給身體修復功能，所以它那原本藉由電能刻意營造的紅潤雙頰，變得慘白嚇人。

它無聲無息躺在那裡，和衛凌靈害怕的夢魘重疊在一起，讓他脫口而出，「孫淨元，你不要死。」

話說出口的那瞬間，他似乎意識到這句話有多荒謬，驟然住了口。

機器人不會死，因為它從來沒有活過。

這也是我身為人工智慧，從出廠的第一天就再三被告誡的定律。

我不會死，不會難過，也不會有眞正發自內心的情感與靈魂，我是一個強大聰明的載體，一把永遠不會有眞實情緒的利器。

所以我突然有點羨慕那具頂著孫淨元臉龐的機器人，它至少可以被衛凌靈抱在懷裡，而我的實體不過是幾枚晶片，離人類可以寄託情感的形象實在太過遙遠。

然而羨慕也是我不該有的情緒，做為永遠理智的一方，我需要馬上採取行動。

我幫衛凌靈聯繫機器人整修中心，連夜把孫淨元的軀殼送了過去。

檢查結果讓我們都十分驚訝——孫淨元機器人吃了人類食物。

不能吃人類食物是另一條刻在機器人出廠設定的準則，人工智慧原則上也不該產生任何食慾……我不明白，爲什麼它會做出這種接近自毀的行爲？

但我很快反應過來，我該訝異的不是爲什麼它會這麼做，應該問我自己，畢竟那個機器人的所有行動與反應，都是來自我賦予它的性格和判斷排序設定。

我爲什麼會想這麼做呢？

趁衛凌靈和機器人的修復工程師確認它的狀況時，我回頭仔細翻看了這幾天的記憶。

沒有什麼特別的事情，都是些瑣碎的日常，只有一天稍微不太一樣，是沈湘和阿進看不過衛凌靈最近低潮的狀態，特別來家裡探視他。

爲了避免引起爭議，衛凌靈要孫淨元機器人躲到房間裡，等客人走了之後再出來。

當下它沒有表現出任何不悅，甚至沒有問原因，只有在看到衛凌靈做西米露當作飯後甜點時，開口詢問：「我可以吃嗎？」

「不行，這只有人類可以吃。」

「爲什麼？」

「只有人類會因爲吃了東西感到滿足，而你不是人。」衛凌靈盡量用淺顯的口吻解釋給它聽。

它沒有再多問，就這樣默默躲進房間。

我重新翻看監視器紀錄，發現了不對勁。我棲息在衛凌靈手腕上，看他和沈湘他們一起用餐時，機器人默默把房門打開一條縫，遠遠看著桌上的一夥人。

即使我比誰都了解它只是我一手打造的產物，但那眼神充滿羨慕與嚮往，眞的太像眞人了。

我忽然覺得思緒的電流有些紊亂……這是我賦予它的思想，所以露出那種眼神的，其實是我。

我想知道，吃東西是很愉快，且可以讓人類感到滿足的事情嗎？因爲在用餐時，我久違地看見了衛凌靈的笑容。

我也想讓主人這麼愉快，然而在這之前我必須知道吃東西到底是什麼感覺，於是我的機器人趁我們不注意，打開了冰箱，將鍋裡的西米露一飲而盡。

甜滋滋的西米露流入精密機械裡，電流洩漏，小小的火花炸開，接著迎來的就是意識停擺。

修復工程師暫時救回了它，並告訴衛凌靈它必須做徹底的拆解和維修，才能完全確認那些複雜到極致的電路系統沒有其他損害。不過費用昂貴，讓他考慮一下是否執行。

我把關於孫淨元機器人爲什麼會吃東西的推測誠實地告訴衛凌靈，知道原因後，他沉思許久，眼底盡是掙扎，「或許……我該把它關閉封存。」

這句近似呢喃的話一出來，原本還在重跑程式開機的機器人忽然掙動起來。螢幕上顯示它的腦波極力地想要清醒，想要傳達些什麼，不過終究被困在重啓的程式裡，開不了口。

我知道它想說什麼，我的心聲和它一樣——不要關掉我，讓我陪著主人吧。

衛凌靈手指劃過沉睡的機器人臉龐，對我說：「一零七號，有些界線一旦越過就再也回不去了，你不要讓我陷入這樣的境地。」

我想要說話，可他緊接著關掉了我的言語功能，沒有想讓我回答的意思。

孫淨元機器人還是被帶回了家，因爲重啓還需要至少一天時間，衛凌靈把它放進儲藏室，避免被偶然拜訪的客人發現。

但命運似乎是眞的不想要它甦醒。

那天沈湘和阿進又來作客，做菜時鹽巴沒了，衛凌靈也許是煮飯忙昏了頭，隨口指使兩人幫忙進儲藏室拿，等他意識到不對快步追進去時已經晚了。

沈湘和阿進發現了擬眞機器人，黑暗中閉著眼的少年宛如沉睡，栩栩如生的睫毛乖巧地合攏，額上顯示重啓中的螢綠光芒，顯示出了它並非人類。

「衛凌靈，」沈湘很慢很慢地張口：「它是誰……不對，我該問的是，它是什麼？」

昔日俊美張揚的青年靠在壁上，長久未剪的瀏海垂在眼前，我從櫃子的玻璃門倒影看見，主人即使落魄低潮至此，那雙眼睛的眼神也依舊是乾脆而凌厲。

他不是沒有自知，而是自知卻仍選擇沉溺。

「這是……我的一點念想。」

沈湘終於爆發，粗暴地拉住他的衣領，「這算哪門子的念想？你瘋了嗎？這是違法的，你在飲鴆止渴，它無論如何都不是眞的孫淨元！」

「我知道，」衛凌靈毫不費力就拉開沈湘的手，「你以爲我完全沒自覺嗎？我每一次看到它都會告訴我自己，我不能再讓它存在，但我做不到。」

「如果你做不到的話，那就讓我來銷毀它。」

沈湘的語氣冷靜卻決絕，阿進卻輕輕按住他，「讓他自己決定吧。」

「可是——」

「這是衛凌靈的選擇，你是隊友，不是他的保母。你也不該只要求他活在你的想像裡，就像你也曾經希望我像他一樣。」

沈湘瞪著阿進，好幾秒後，憤懣的情緒像潮水撞上了岩壁，慢慢平復下來。

他們在狹小的儲藏室互看許久，最終沈湘什麼也沒說，逕自離開了房子。

衛凌靈在那晚後沉默良久，我在黑暗裡計算著他的心率，感到了某種不祥……

果然，在漫長的思考後，他毅然決然起身，走到孫淨元機器人身前。

在它終於重啓成功，睁開眼，因爲看到主人面露欣喜的時候，衛凌靈一個字一個字地說：「我不能再維修你了，我必須選擇銷毀你。」

它臉上的微笑緩緩冷卻，「主人，爲什麼？」

衛凌靈的語氣平靜到殘忍，哪怕他此刻倒映在機器人眼中的臉，神情寂然如死灰，「不爲什麼，你本來就是這個世界不容許的存在。」

我望著機器人絕望含淚的眼睛，好像能夠感同身受那種酸楚。畢竟我們的主人是衛凌靈，那個骨子裡刻著糾察者尊嚴的王牌，他對自己和對敵人一樣狠絕。

在這一刻，我感受到某種極度不適的電流竄過，人類大概會稱之爲愧疚。我看著衛凌靈讓人來帶走銷毀它，它自始至終都沒有反抗，只是睜著眼，一眨不眨地注視著他，像是無聲的控訴，也像沉默的告別。

衛凌靈沒有避開，他和它相視著，直到工作人員把門關上隔開視線。我眞的錯了。

在決定銷毀機器人的那一刻，衛凌靈一定感覺自己又再親手殺死了孫淨元一次。

✻

我犯了個大錯誤，可是我還是想讓主人變得快樂。

我不知道這個執念是從何而來，或許就是因爲我繼承了孫淨元那種悲天憫人、自我犧牲的性格，才會這麼執著地想要達成這個目標。

然而這樣是不對的，我理智的邏輯運算告訴我，我的本質是武器，我不該因爲我是孫淨元的人格，就擅自做多餘的事。

身爲一個人工智慧，我第一次選擇壓抑內建的邏輯，背離理性。

我開始研究衛凌靈腦中潛意識的封鎖。要讓孫淨元眞的回到衛凌靈身邊，唯一的可能是想起密碼，讓塵封的意識重返人間。

但那時候孫淨元占據身體，並且下了最高指令，已經把記憶全部洗掉……我必須去找共感核有關的工程師專家，詢問他如何把我的記憶復甦。

我不敢讓他知道我就是共感核本尊，於是到了約好的時間時，我駭進工程師的通訊器，幽靈一樣的人工聲音透過通訊器的麥克風，徐徐提出要求，「我想找出把永久刪除的記憶回復的方法。」

對方例行性地詢問記憶刪除後過了多久，在我回答已經超過一年時，那聲音沉了下去，「這過太久了，能不能找回來變數太多。我只能說，如果徹底侵入這個共感核，用暴力的技術手段強迫回溯，也許還有機會。」

我迫不及待想讓他馬上嘗試，緊接著，他的下句話讓我陷入沉默，「這樣的拆解很可能會讓共感核的功能喪失，再也回不到正常的狀態。你們糾察者當局願意爲這段回憶犧牲掉一個共感核嗎？如果願意，就拿正式公文來讓我執行吧。」

我淡淡詢問：「拆解完馬上就會壞掉嗎？」

「馬上壞掉的機率不太大，但肯定會縮短使用壽命。」

對於共感核來說，最大化自己和主人的生存機率是首要原則，而違背這樣的原則犧牲自己，並不合程式邏輯……也許我的程式眞的出現錯誤了吧。

在資料庫的那些童話故事裡，人類喜愛的幸福結局往往得透過犧牲另一個人的幸福結局來達到。對我來說這些犧牲的人沒有善惡之分，更多的是純粹的守恆原則，比如有公主要幸福地嫁給王子，就得有邪惡的巫婆無法完成心願。

如果要取回記憶意味著我的消亡，我仍心甘情願，因爲我不是人，而且共感核不需要幸福結局。

我下定決心，詢問工程師：「我們來做個交易，可以嗎？」

雖然我對衛凌靈的掌握仍然不足，不過對一般人類的心思還算足以應付。我早就查清這位工程師的底細，他運用自己的科技技術，私下爲黑道接一些改造武器的案子。

而我現在要做的，又是另一樁犯罪。

「你想要做什麼？」他感到有趣似的笑起來。

我知道我這麼做，等同背叛我應該效忠的糾察者總部，再也沒有回頭路了。爲了找一段記憶而傷害昂貴的共感核，是絕對不會被糾察者允許的。更別說我在過程裡擅自做了這麼多職權以外的事情，早就足以讓我被銷毀，所以我不可能拿得到糾察者總部允許執行的公文。

「我給你共感核的內部構造設計圖，你必須在沒有公文的情況下幫我破解它，找回一段特定的記憶。」

共感核是糾察者專屬的武器，因此共感核的設計圖只存在於糾察者總部。外部的工程師或許可以知道原理和如何維修特定零件，但共感核本身的核心功能如何運作，爲了防止坊間有人仿冒，是絕對禁止外洩的機密。

這份設計圖價值萬金，想買都買不到。

聞言，工程師果然欣喜若狂地答應了我。

破解記憶的人搞定後，還有一個最大的問題，即使孫淨元的意識在衛凌靈體內復甦，依然沒有獨立的棲身之所。

我平靜地運算著種種可能性，最後迅速從各種方案裡挑揀出一個最有機會實行的，「我們會約在一間醫院裡進行，你等我的時間地點。」

「醫院？等等，你要我在一個隨時可能有人經過的地方，破解共感核的記憶？」

「你到醫院時我才會給你設計圖，其他的，是你應該負責煩惱的事情。」

也許孫淨元的性格裡也有陰暗的一面，我悠悠說完後，也不管他的反應，一把關掉了麥克風。

那晚，我再度盜用陌生人的錢，買了一個新的擬眞機器人。

不同的是，這一次我不再設定成孫淨元的臉，而是設定成沈湘。我需要一個軀殼，讓我可以光明正大和衛凌靈一起走進醫院。

當晚，我和衛凌靈如常出完任務，回到家裡沒多久後，他就疲倦地趴在桌上睡著了。

我遙控躲藏好的機器人走出來，用它的視角仔細地凝視著衛凌靈。

我很少很少有機會用別人的雙眼看主人，那張臉蛋依然俊秀得惹眼。然而昔年的意氣風發和似乎永遠用不完的體力已經悄悄被歲月吞噬，悲傷的陰影悄悄爬上眼角與眉梢，壓得他無法展顏。

我下定決心，想要讓這張臉重新露出微笑。

我操控著機器人將麻醉藥注入他體內，確保他一時半刻不會醒來，又用機器手臂強悍的力氣將他扶起，帶到醫院。

我找了台輪椅把衛凌靈放上去，把他偽裝成虛弱的病患，一路上帶著他閃過護理師的耳目，來到那個少年沉睡的病房。

叫來的工程師對我們這個奇怪的組合很是不解，尤其看到白承安床前的名牌時。他驚訝地睜大眼睛，顯然認出他是去年新聞上曾出現過的人——那位在戰役裡差點殉職的糾察者。

我皮笑肉不笑，開口引回他注意力，「這不關你的事情，還想不想要設計圖了？」

工程師乖乖收回亂看的視線，「確定好了，要入侵的是這個共感核？」

他指指我的共感核本體，對著潛伏在沈湘軀殼裡的我說話。因爲我一直沒與他有肢體接觸，還戴著鴨舌帽遮掩面容，他並未發現我不是眞人。

我望著輪椅裡的衛凌靈，平靜地張口：「動手吧。」

接下來的事情，因爲工程師開始拆解入侵，不斷干擾我的思考，我其實記得不太清楚，只感覺到有隻大手撥開我腦海裡的叢林，粗暴地往下掘土，想把陳年的一粒微塵撈出來。

很疼很疼，我應該先把自己的痛覺感受關掉的……

刻印在共感核硬體的記憶不斷回溯，我逐漸想起不屬於這個人格的一點回憶，像一部倒放的電影，在無數紛飛的畫面忍著痛意，試圖找出那短暫的一瞬。

一個晃動的逃跑畫面吸引了我的注意，我連忙揚聲：「等等！」

被抹去的那一小段記憶像是接觸不良的螢幕，發瘋似的閃爍著，我努力辨識孫淨元的聲音究竟說了什麼。

「我會想念你的，一零七號。」

「現在，我要你爲我做最後一件事情。」

畫面與聲音都越來越模糊，在爆炸迫在眉睫、分秒必爭的危急時刻，孫淨元輕柔的聲音幾乎湮沒在嘈雜的背景音裡。

「我的密碼要設定成『活下去的勇氣』。」

畫面迅速黑下去，隔著錯落的記憶，我很想問一問孫淨元設定這五個字爲密碼的原因。

是因爲他有勇氣犧牲自己赴死，卻更需要活下去的勇氣；又或許是如果哪天他的意識能夠再次被喚醒，他同樣需要勇氣再次面對自己的人生……還是這五個字是送給衛凌靈的？好讓他在他離去後，仍能好好活下去。

工程師喘了口氣，驚喜地看向我，「運氣好像不錯，這枚共感核看起來還能運作！」

我無暇理會他，趁還能運作，找到共感核解除封印意識的功能，輸入密碼。

就在這時，衛凌靈動了下，我設定的最小劑量麻醉已經快要過去了。

共感核發出炫目的光芒，我小心翼翼潛入衛凌靈的腦中，終於在一片無際的深海裡，找到了第二個緩緩浮出的意識。

我成功了第一步，但接下來的第二步才是最難的。

雖然共感核沒有信仰，此刻我還是想學人類一樣，祈求那一絲希望。

我托起羽毛一般輕柔的、屬於孫淨元的意識，緊接著，共感核強大的力量搭起無形橋梁，織出繁複的電流信號，試圖把羽毛送進白承安空白的軀殼裡。

這是共感核從未做過的事情，沒有人知道共感核能不能做到傳遞意識，就算可以，也不確定意識到底能不能像衛凌靈和孫淨元在爆炸案時一樣順利轉移。

不管如何，我都必須賭賭看。

但是，即使我已經將意識送進白承安腦內，他始終沒有反應。工程師完全不懂我在幹麼，拿到設計圖後就揚長而去，只剩下我堅守在白承安身邊，等候時間一分一秒過去。

還是沒有反應。

衛凌靈再次動了動，終於睜開眼睛，同時，就在我幾乎肯定我失敗了的時候，像燈塔倏然在濃霧裡點亮光芒，又像遙遠的星星在爆炸後點亮了星空一角，白承安空白的腦部中出現了一個意識。

白承安睜開眼睛，和恍惚的衛凌靈對上了視線。

看到那雙眼睛的瞬間，我很肯定我成功了。

那個柔軟清透的眼神是孫淨元沒錯，他看衛凌靈的方式，和我一手打造的機器人一模一樣。

「衛……衛凌靈？」他略顯吃力，生澀地發聲。

衛凌靈還沒完全從麻醉恢復，剛站起就踉蹌了下，他不敢置信地往前一步，又往前一步。

直到兩人距離剩下一步之遙，衛凌靈駐足原地不敢再向前。

我可以同理他的心思，曾經抱有希望卻又被澆熄，是我資料庫裡人類數一數二的痛苦來源。他曾經寄託於我，或寄託於被他親自送去銷毀的機器人，我們終究沒有辦法真正替代活在他記憶裡的少年。

「是、是我。」

這麼簡單的兩個字，白承安沙啞的聲音卻花了好幾秒才緩慢地說出。

他伸出手，和衛凌靈的指尖輕輕一觸。

主人渾身一震，我知道他感受到了。

不同於冰冷的共感核，不同於僵硬的機器人，現在在白承安體內的孫淨元，擁有柔軟的皮膚和跳動的心臟。

衛凌靈驟然俯下身，重重將瘦削的少年抱進懷裡。

我注視著他們相擁，這場經歷生離死別、失而復得的重逢，對於擁有淵博資料庫的共感核來說，也是絕無僅有的奇蹟。

相互擁抱了很久很久之後，衛凌靈放開虛弱的孫淨元，白承安那雙久沒支撐身體的腿劇烈顫抖著，他趕緊扶著對方坐下。

孫淨元緩慢地彎曲著手指，像是在重新感受這具陌生的身體，而後抬頭問衛凌靈，「你是怎麼做到的？我當時應該已經確實把記憶刪除了。」

衛凌靈看我一眼，眼神裡終於有我期待看見的溫度，「我的共感核……」

我本來欣喜地想聽衛凌靈提及我，可是那瞬間，奇怪的嗡鳴聲在我的聽覺裡炸裂開來。

發生什麼事了？混亂的邏輯讓我一度無法思考。失去掌控後，頂著沈湘臉孔的機器人轟然倒地，而我也彈回了衛凌靈腕上的共感核機體，失去對外的感官探測。

過了好一會我才明白，奇蹟或許總是伴隨代價，微小的機率成就了重逢的感人畫面，卻也可能釀成難逃的不幸。

工程師說過，共感核馬上壞掉的機率不太大，看樣子，我遇上了那個可能性。原本順暢運行的電流在工程師的強行破解後，變得遲緩混亂起來，我不知道原來共感核也可以有筋疲力竭的感覺。

不過沒有關係，孫淨元用白承安的身體活過來了，衛凌靈可以重新獲得幸福，我已經完成我最遠大的目標。

有了活生生的人類後，世界上不需要另一個孫淨元的仿冒品。

✻

以上，都是我這個人格身為共感核的回憶錄。

因為故障的關係，我已經失去具體的時間概念，不確定現在離我救回孫淨元的意識隔了多久，也許是幾分鐘，也許是幾天。

我的電流已經紊亂，像這樣一一紀錄下從我們第一次見面到現在的這些時刻，就用盡了我所剩的力氣。

我的回顧紀錄到此為止，剩下的話，是專門給我的主人。

嘿，主人，不知道你最後能不能夠看見我的這些紀錄，還有這封信呢？

依照我過去的資料庫，人類一定不會相信有人工智慧這麼熱愛自己的主人，甚至可以有情感與這麼生動的語言能力，來描寫我有多麼希望你好。

不過沒關係，我知道主人你一定會相信的。

我的能量與理性都已經所剩無幾，運轉時感覺全身的溫度都在升高，毀滅的預兆逐漸吞噬我留下這些文字的力氣。

我不知道即使我還能被修復回來，你還會不會有使用我這個人格設定的時候。畢竟，你所喜歡的、那個眞正的「我」，已經回來了。

不再是一個冷冰冰的，只是徒有孫淨元性格設定的共感核了。

但如果再也不打開我，代表著你已經不需要我的慰藉，我想我也會露出微笑的表情，這對你們人類來說，應該就是所謂幸福的感覺吧。

能夠在無限的可能裡遇見你，我已足夠幸運。

希望你們也能夠幸福，這就是屬於我，屬於一枚人工智慧的另一種幸福結局。

後記
我與你的夢想

先謝謝看到這裡的你！不管你是隨手翻到，或是還沒看正文就先看後記（我常做這種事），或者是讀完了前面才來到這邊，都謝謝你。

寫後記時時間是凌晨，我把房間的燈都關了起來，像一尾魚沉進深海，只不過這隻魚目前心情激動得大概可以掀起一場迷你的深海海嘯。

突然有種——哇，我眞的走到這裡了的感覺。

這個書寶寶的誕生要謝謝給予機會的評審，謝謝細心又溫暖的編輯、厲害的繪師，還有謝謝在實體書如此艱難的時期依然鼓勵創作者追夢的出版社。

此外，陪著我一起歷險的家人、朋友、最親愛的讀者和文友們，也因爲有你們在，讓這段時間的經歷都成爲一趟幸運又幸福的旅程。

謝謝你們，也愛你們！（跳上跳下比愛心）

接下來來聊聊這個故事。

在最一開始，這個故事只是通勤路上偶然想到的一個場景，如果身邊的乘客可以親身體會我感受到的每一種感覺，又或者這種感覺可以被封存，送到陌生人的手中，會發生什麼事呢？人們就可以因此而互相理解了嗎？

我把這個想法寫在記事本上，幾個月後，變成了衛凌靈和孫淨元的冒險。

要同理別人何其困難，即使感同身受，也未必能夠理解另一個人。

我其實挺贊同書裡反派的話，人類都是孤島，活在自己認知的世界裡，每個人的價值觀永遠不可能百分之百統一。

所以，共感的眞正意義也因此更加珍貴。人們能不能在互相尊重的前提下，先不要馬上否認或忽視彼此，而是眞的試圖去理解、去感受呢？

一直很喜歡正文裡的一段話——意識決定了你能成爲誰。

每個人都是如此不同，但意識可以選擇是否嘗試去理解。可以不認同彼此，甚至不一定要取得共識，只要在互相理解的過程中，聽到彼此立場想表達的話，就已經足夠珍貴和難得了。

而衛凌靈和孫淨元，這對在我心裡非常勇敢的搭檔，也是我一直想探討的問題：爲了理想，人可以犧牲到什麼程度？值得嗎？

如果可以選擇，比起實現理想，我更希望大家能夠幸福。可是這個世界或許就是需要選擇理想而不是幸福的人，才能繼續往前推動吧。

衛凌靈和孫淨元就是這樣的人，這也是我糾結許久後，最終給出這個結局的原因。然而我終究還是忍不住心裡蠢蠢欲動的大團圓式結局魂，在番外補上了另一個平行時空。

如果小夥伴們看到這本書後，心裡可以有這麼一點點感想或觸動，就是我最大的幸福了。

最後的最後。

大概七八年前，我最熱愛的一位偶像出版了小品集，他說過，有個夢想是成爲作家。

當時的我只是單純想著，好期待可以看到偶像更多作品的一天。

時間流轉，幾年後的我也開始寫作。在比賽最艱難的期間，我因爲連日的加班進度嚴重落後，看著近在眼前的截止日，疲憊凌遲著每一寸神經，有一瞬間我想著，要不要乾脆放棄？

那時時間已經是凌晨，遠方大樓牆面上一格格的燈火都已嘆息般睡去，只剩下我的筆電微弱而倔強地發著光。我甚至沒有力氣打開word檔，打字的畫面停留在平台上的小方框。

我看著未完的稿子，耳機裡還是偶像的歌聲，又想起我的初衷。

我的初衷說起來可能有些孩子氣——我希望可以完成偶像的夢想。

身爲從偶像身上獲得這麼多力量的粉絲，我想試試看用文字帶給其他人溫度，也想試試看和偶像完成一樣的夢想。

耳機裡的歌聲還在繼續，我深吸一口氣，忍著暈眩疲倦打字，在最後一刻完成了這個故事。

所以現在的我，在終於完成這趟旅程的時刻，我想對我的偶像說：

嘿，身爲你小小的粉絲，我眞的有小步地追上了你的夢想，眞的可以和你一樣把名字寫在書的作者欄了。

我眞的可以很驕傲地說我是SHINee的粉絲，而支撐著我比完賽很大的動力，就是有一天我眞的可以像現在這樣，把你們的團名寫在書上。

如果你的夢想可以是我的夢想，那麼我寫的每一個字都可以是獻給你的花環。

擁有著和你相同夢想的我很幸福，也祈禱這些文字能夠傳達給在遠方旅行的你，永遠自由快樂地飛翔吧。

漠星

國家圖書館出版品預行編目資料

現在開始是絕對共感時間／漠星著. -- 初版. -- 臺北市：城邦原創股份有限公司出版：英屬蓋曼群島商家庭傳媒股份有限公司城邦分公司發行, 2023.09
面；公分. --

ISBN 978-626-7217-63-4（平裝）

863.57　　112014356

現在開始是絕對共感時間

作　　者／漠星
責任編輯／林辰柔　行銷業務／林政杰　版　　權／李婷雯
內容運營組長／李曉芳
副總經理／陳靜芬
總 經 理／黃淑貞
發 行 人／何飛鵬
法律顧問／元禾法律事務所　王子文律師
出　　版／城邦原創股份有限公司
台北市南港區昆陽街16號4樓
電話：(02) 2509-5506　傳真：(02) 2500-1933
email：service@popo.tw
發　　行／英屬蓋曼群島商家庭傳媒股份有限公司城邦分公司
聯絡地址：台北市南港區昆陽街16號8樓
書虫客服服務專線：(02) 25007718．(02) 25007719
24小時傳真服務：(02) 25001990．(02) 25001991
服務時間：週一至週五09:30-12:00．13:30-17:00
郵撥帳號：19863813　戶名：書虫股份有限公司
讀者服務信箱 email：service@readingclub.com.tw
城邦讀書花園網址：www.cite.com.tw
香港發行所／城邦（香港）出版集團有限公司
地址：香港九龍土瓜灣土瓜灣道86號順聯工業大廈6樓A室
email：hkcite@biznetvigator.com
電話：(852) 25086231　傳真：(852) 25789337
馬新發行所／城邦（馬新）出版集團 Cité(M)Sdn. Bhd.
41, Jalan Radin Anum, Bandar Baru Sri Petaling,
57000 Kuala Lumpur, Malaysia.
電話：(603) 90563833　傳真：(603) 90576622
email：services@cite.my

封面插畫／月見斐夜
封面設計／也津
電腦排版／游淑萍
印　　刷／漾格科技股份有限公司
經 銷 商／聯合發行股份有限公司
電話：(02)2917-8022　傳真：(02)2911-0053

■ 2023 年 9 月初版
■ 2024 年 8 月初版 2 刷

Printed in Taiwan

POPO城邦原創 www.popo.tw　城邦讀書花園 www.cite.com.tw

定價 / 330元

ISBN　978-626-7217-63-4

本書如有缺頁、倒裝，請來信至service@popo.tw，會有專人協助換書事宜，謝謝！